화성 1년

차례

1장. 결정 ………………………… 5p

2장. 쥐 …………………………… 15p

3장. 출발 ………………………… 43p

4장. 도착 ………………………… 71p

5장. 랑데부 ……………………… 105p

6장. 화성의 밤 …………………… 125p

7장. 준공 ………………………… 151p

8장. 지구에서 …………………… 169p

작가의 말 ………………………… 178p

1장. 결정

2033년 3월.
뉴욕 국제우주개발기구 80층 회의실.
탁 트인 창문 너머 펼쳐진 맨해튼 시가지를 배경으로, 30명이 둘러앉을 대형 테이블에 앉은 3명이 서로를 노려본다.
러시아와 중국, 그리고 미국 대표. 미국이 의장국인 국제우주개발기구 회원국은 총 25개국. 러시아와 중국은 회원국이 아니지만, 지구 궤도에 독자적으로 우주 정거장을 운영 중인 3개국에는 속한다.
이들은 오늘 달 개발에 관한 협약문을 발표하려다 실패했다.

바야흐로 달 이주 목전에 다다른 인류. 달을 두고 자리싸움이 시작됐다. 우주 개발에 민간 기업이 다수 참여하는 미국 쪽 진영 국가들은 달 개발을 자본주의적 관점으로 자유롭게 추진하려는 반면, 국가가 독자적으로 추진하는 러시아와 중국은 달 전체에서 국가 간에 점유비율을 미리 정해놓고 서로의 영역을 침범하지 말자는 논리를 세우는 중이다.
완고한 대립으로 합의점을 찾지 못한 이들. 이러면 각자의 방식으로 달 개발을 진행하게 될 것이고, 그러다 보면 달에서 전쟁이 일어날 게 뻔하다.
이제껏 인류 역사에 기록돼 왔듯이.
인류가 마침내 지구를 벗어난 곳에서의 번영을 시작하려

는 이때, 이러면 좋을 것이 없다. 그래서 미국 대표가 떠나려는 이 두 나라 대표를 붙잡았다.

벌써 30분째 대화에 진전이 없는 상황. 표정 하나 변하지 않고 같은 말을 똑같이 되풀이 중인 러시아 대표. 중국 대표는 이 상황을 즐기는 듯, 시종일관 웃음을 띠고 두 나라의 언쟁을 지켜만 볼 뿐이다.

마침내 미국 대표가 손을 쾅 내리치며 말한다.

"좋습니다. 동의하죠."

"뭐라고? 동의한다고요?"

표정에 동요를 보이는 러시아 대표. 이로써 동의 못 하게 하려는 목적이었다는 게 확실해졌다.

"단, 두 가지 조건 아래서요. 두 분 모두 한다고 하셔야 저의 조건을 말씀드리겠습니다. 듣고 싶지 않으시다면 저도 더 할 말은 없고요. 그러면 3년 안에, 우리는 첫 번째 우주전쟁을 치러야 할 지도 모르겠군요. 그렇게 되면 내가 장담하건데, 인류가 우주에서 살길은 거기서 끝납니다"

중국과 시선을 교환하는 러시아 대표. 불편한 표정의 두 얼굴이 고개를 끄덕이는 걸로 동의한다.

"첫 번째 조건은, 앞으로 50년간. 모든 우주개발은 오직 화성에서만 하는 것. 두 번째 조건은, 그 50년 이후엔 우리도 우리의 방식대로 하겠습니다. 정리하면, 앞으로 50년간은 누구도 달 개발을 하지 못한다. 그리고 50년 후의 달에서는 먼저 도착하는 쪽이 그 땅의 주인이라는 겁니다. 자. 이 두 조건에 동의하신 거로 알고, 약속대로 협약서에 서명하시죠."
 앞에 펼쳐놓은 노트북 화면을 돌려 상대에게 보이는 미국 대표. 완성된 협약서의 서명란이 보인다.
 곰곰이 생각에 빠진 듯한 두 대표의 모습.
 "왜요, 화성이 달보다 두 배 더 큽니다. 어차피 달 다음은 화성이 될 텐데, 이왕 땅따먹기를 할거면 화성에 먼저 자리를 잡는 편이 여러분 조국에 더 좋을 일 아니던가요?"
 찬찬히 고개를 끄덕이는 중국 대표. 표정이 굳은 러시아 대표가 뭔가 한마디 하려는데,
 "자신 없으세요?"
 툭 던지는 말에 러시아 대표가 너털웃음을 터뜨린다.
 "저도 그럼 조건을 하나 걸어야겠습니다. 들으려면 먼저 동의부터 하시고, 아니면 이 모든 걸 없었던 일로 하시죠."
 러시아 대표가 깊이 가라앉는 목소리로 말한다. 긴장한 채 중국 대표를 흘끗 쳐다보는 미국 대표.
 "왜 날 보세요? 알겠어요, 동의합니다. 그리고, 난 두 분처럼 또 내 조건을 걸지 않겠습니다. 이제 되셨죠?"
 역시, 전혀 도움이 되지 않는다. 한숨을 쉬는 미국 대표. 내키지 않는 고개를 끄덕여 동의를 표한다.
 "내기를 하죠. 이번에 화성 대근접이 일어나는 2035년, 1년 동안 화성에서 기지 건설 내기를 벌입시다. 화성에 인간이 영구적으로 거주할 수 있는 전초기지를 건설한 후 무사히 지구로 귀환하는 걸 겨뤄보는 겁니다. 성공한 나라는 남고, 실패한 나라는 그걸로 끝. 준비기간은 앞으로 1년 이구요. 이 정도 자신감 없이는 인류의 미래와 우주 정책에 대

해 왈가왈부할 권한은 없어요~"
 말을 마친 후 차가운 미소를 짓는 러시아 대표. 중국 대표가 만족스러운 표정으로 고개를 끄덕인다.

*

 1년 후.
 황량한 사막 위를 달리는 군용 지프 한 대. 이곳은 전 세계에서 가장 뜨거운 기후로 유명한 미국 네바다, 죽음의 사막. 에어컨을 최대로 틀었는데도 불타고 있는 것 같다. 만약 여기서 차가 갑자기 고장이라도 난다면... 한 시간도 못 버틸 것이다.
 얼굴이 빨갛게 익은 국제우주개발기구 미국 대표. 뒷자리에서 안절부절못하며 연신 흐르는 땀을 닦는다.
 "조금만 참으세요, 지하로 들어가면 곧 추워지실 겁니다."
 조수석의 군인이 룸미러로 눈을 맞추며 위로의 말을 건넨다.
 어느새 나타난 보안 게이트 앞에 멈춰서는 차량.
 '데저트 레이크 공군기지(Desert Lake Air Base)'라는 표식이 보인다.
 철조망 너머 감시탑에서 정확히 차량을 향해 조준되고 있는 기관총열의 모습. 무인 운영 중인 듯, 아무도 없다. 하기야, 이런 더위에서 근무하려면 우주복이라도 입어야 할 것이다.
 운전석의 군인이 보안 키패드에 뭔가를 입력하면, 스르륵 열리는 게이트. 그 너머는 텅 빈 모래사막에 난 외길뿐이다.

 점점 지면 아래로 내리막지는 길. 모래 언덕과 언덕 사이로 골짜기처럼 시야가 좁아지기 시작한다. 이어지는 길을 따라가다 보면, 갑자기 앞을 가로지르는 잘 닦인 활주로. 정면 막다른 벽 전체를 덮은 금속제 셔터형 문 앞에 차가 멈춰선다.
 천천히 셔터가 위로 올라가면, 안쪽에서 모습을 드러내는 거대한 기지의 모습. 양옆으로 전투기들이 늘어서 있다.
 그늘로 들어서자마자 시원해지는 차 안. 미국 대표가 마침내 안도의 한숨을 내쉰다.

 실험동 M-1.
 중장 계급장의 군인과 그의 부관, 미국 대표 셋이 나란히 서서 관찰용 창문 너머를 바라본다.
 "폐쇄동 운영 1년째입니다. 모든 조건은 말씀하신 그대로구요. 여태까지 아무 문제도 없었습니다."
 중장이 자못 대견스럽다는 듯이 말을 꺼낸다.
 우주선 내부를 재현한 공간인 듯, 사람들이 우주복 차림으로 생활중인 모습. 관찰용 개미집 같은 저곳은, 우주선이 화성에 도착한 이후와 똑같은 환경이다. 화성의 중력과 기압, 방사선량 등, 모든 요소들이 완벽하게 재현되어 있다.

행성간 이주를 가정한 실험. 화성으로 향할 모든 장비와 인간들을 가둬놓고 지속적인 생존이 가능한지의 여부를 실험 중이다.

 닮은꼴의 기존 사례를 찾아보면, 바이오스피어2라고 명명된 폐쇄 거주 실험이 있다. 1994년, 애리조나주의 한 실험실에서 진행됐다. 당시, 식량 재배를 위한 토양에 섞여있던 미생물이 산소를 모조리 먹어 치워 결국 실패로 끝났다. 현재는 그 자리에서 박물관으로 운영 중이다.

 그 후 40년이 흘렀는데, 그때의 문제가 여전히 남아있다면 이상할 노릇. 자신만만한 중장의 표정이 문제가 해결됐다는 걸 말한다. 최정예 요원들로 1년간의 훈련을 마치고 이제 곧 화성으로의 투입만을 기다리는 상황. 목숨을 건 미션을 앞둔 군인에게서 볼 수 있는, 특유의 활기가 느껴진다.

"화성에는 아마도 일반인 지원자들이 가게 될 것 같습니다. 장군님의 성예요원들이 아닌, 보통 사람들이요. 제가 여기 온 이유는, 어떻게 하면 그게 가능할지에 대한 장군님의 의견을 들으러 왔습니다."

"화성에... 일반인들이 간다구요?!..."

믿을 수 없다는 반응.

"네. 불만 많고, 훈련 안된 보통 사람들 말입니다. 대통령께서 이번 미션에 대해 특별 주문을 하셨습니다. 그렇게 하는 것이 눈앞의 성공보다, 장기적이고 지속 가능한 미래를 위한 길이라고요."

한동안 일행 사이에 무거운 침묵이 흐른다.

"...전투 상황이 없다면, 일반인들이 갈 순 있을 겁니다. 죽는다는 두려움에 떨지 않고, 나라를 위해 자신을 기꺼이 희생할 마음이 있을지는 모르겠지만..."
 한참 만에 중장이 체념한 듯 말한다. 그마저 말끝을 흐리는데...
 "갈 수 있다는 말씀이죠?"
 미국 대표가 확실히 확인하듯 되묻는다.
 "모든 물리적 위험 요소는 우주선 시설과 우주복으로 완벽한 대응이 가능합니다. 문제는 전문적인 훈련도 안된 일반인들이 폐쇄 환경에서의 장기간 특수 임무를 과연 심리적으로 버틸 수 있겠냐는 거죠."
 옆에 있던 부관이 중장을 거들어 한마디 한다.
 "...애국심도 없고, 희생정신도 없고, 자기 자신만 생각할 줄 아는 이기적인 그... 아니, 진짜 정말로 일반인들을 화성에 보내겠다는 겁니까?"
 저 말은 갈 수 있다는 뜻이다. 그제야 미소를 짓는 미국 대표. 쳐다보는 중장과 부관의 표정이 도저히 이해하지 못하겠다는 듯 일그러진다.

2장. 쥐

눈을 뜨는 기철.
태양이 내리쬐는 평화로운 해변의 정경이다.
한여름의 볕이 강렬한데, 추워서 몸을 잔뜩 웅크린 상태. 타는 것처럼 목이 마르다.
눈가로 손을 더듬어 둘러맨 기계를 벗는 기철. 메타글래스를 낀 채로 잤다. 이제 습관이 돼버려서 이런 풍경 속이 아니면 좀처럼 잠이 오지 않는다.

어둠 속, 2.5m 정도 떨어진 지점 위쪽에 비상구를 알리는 초록색 표식이 가장 먼저 눈에 들어온다.
여기는 서울 도심 한 복판의 상업용 빌딩 30층에 위치한 가로세로 2.5m 크기의 주거용 셀룸. 3년 전, 아무 연고도 없는 서울에 혼자 올라와서 찾은 기철의 보금자리다. 창문이 있었다면, 매일 빌딩숲의 장관이라도 감상할 텐데, 창문도 없다. 그래서 더 메타글래스에 의존하게 된다.
여기 온 첫날의 목표가 스무 살 되기 전에 창문이 있는 방으로 옮기는 거였는데, 스무 살인 지금, 아직 여기에서 산다.
봄이어야 할 3월인데 한겨울 날씨여서 겨울 패딩을 입고 있는 상태. 지난주까진 한여름 날씨였다. 4~5년 전쯤부터 계속 날씨가 오락가락 양극단을 달리니, 가로수는 말라죽고, 생전 처음보는 알록달록한 문양의 날벌레들이 날아다닌다. 이러다 어느 순간 거리에서 초록색을 띤, 거대 몬스터를 마주치지나 않을지 걱정될 정도다.

누운 상태에서 침대 아래쪽으로 손을 뻗어 냉장고의 문을 여는 기철. 안에 든 물병을 꺼내 벌컥벌컥 물을 들이켠다.

 드러누운 딱 몸 크기만 한 침대의 왼쪽 편은 화장실 겸 세면대. 머리통을 반쯤 가리고 있는 책상 상판이 있고, 발 부위는 벽면 고정형으로 설치된 옷장 겸 선반의 수납칸들 중 하나에 들어가 있다. 사방 2.5m의 공간에 인간이 생활하는 데 필요한 모든 것이 갖춰져 있는, 셀룸. 2034년의 서울엔 이런 주거형태가 많다.
 전세계적 경기불황의 여파로, 거대 상업용 빌딩에서 몇 년씩 주인을 못 찾고 비워놓던 공간을 이런 극단적 형태의 거주공간으로 개조해서, 임대하기 시작한 것. 사무실 임대업으로 파산한 한국인 사업가가, 빚쟁이들에 쫓겨 도망간 일본 도피생활의 첫날 밤. 도쿄의 한 캡슐호텔에서 아이디어를 얻어 탄생했다고 한다.
 십 년 전까지 한국에 고시텔이린 이름으로 존재했던 주거형태와, 일본에서 캡슐호텔이라고 불리는, 출퇴근이 여의치 않은 직장인들이 잠만자는 숙박시설의 중간쯤 되는 곳. 초창기엔 잠재적 범죄자를 잉태하는 시설이라는 둥 기피하던 분위기가, 어느 순간 기하급수적으로 폭발하며 완전한 하나의 주거형태로 자리 잡았다.
 한 층에 작은 사무실 10개 정도 들어가는 동네 상가건물부터, 비싼 임대료 때문에 텅 비어있다 망해버린 도심부의 초고층 빌딩까지… 주로 소득수준이 낮은 젊은 층, 또는 외국인 노동자들 대부분이 여기서 산다.

지금은 새벽 5시 30분.
 일당 알바를 구할 황금시간대다. 갑자기 직원이 그만둔 경우, 또는 알바를 펑크 낸 사람이 생겼을 때 급하게 올리는 구인 공고가 이 시간에 뜬다.
 핸드폰 화면을 켜는 기철. '알바 천만개'라는 앱을 눌러 급구 표시가 된 제목들을 쭉 훑어본다. 기철이 하는 일은 알바생, 정확히 말해 일용직 근로자다.

 지난 3년간, 기철이 했던 알바들은 대부분 작동중인 로봇에게 사람이 해를 가하지 못하도록 보호하는 일이었다. 2030년에 들어서며 하루가 다르게 로봇이 인간 노동자를 대체하는 일이 많아지고 있는데, 알바는 반대로 로봇을 대신해서 하는 일이 많다.
 발이 없는 로봇을 이쪽에서 저쪽으로 옮겨준다거나, 공격 기능이 없는 로봇을 인간들로부터 지키는 알바가 많다. 3년 전이나 지금이나 정해져 있기라도 한 듯 거의 똑같은 일거리들. 아니, 갈수록 할 수 있는 알바가 줄어드는 느낌이다. 분명 신형 로봇이 나오는 것과 뭔가 관련이 있는 것 같다.
 '생동성 알바'라는 제목에서 멈추는 손끝. 누르면, 14일 참여에 1000만원 지급이라고 쓰여있다. '성격적 결함이나 폐쇄 환경의 공포증이 있으신 분에게는 부적합하다'는 주의 문구가 유독 빨갛고 크게 강조되어 있다.
 1000만원이라니... 이 정도의 돈을 주는 것에는 그만한 이유가 반드시 존재한다. 1년 전쯤, 월세가 밀린끝에 어쩔 수 없이 해야만 했던 생동성 알바의 경험이 떠오른다.
 새로운 화장품 성분 테스트였고, 3일동안 병원 1인실에서 먹고자고 하기만 하면 끝난다고 했다. 해당 제품을 피실험자 옆구리 한쪽 부분에 3일간 바르면서 인체에 미치는 영향을 보는 것 같았다. 그렇게 100만원을 받기는 했는데, 덕분에 피곤하거나 몸 상태가 안 좋아지면, 옆구리의 그 부분이 항상 가렵다.
 그런데 1000만원이면....
 망설임 끝에 패스하고 넘어가는 기철. 이번엔 영구적으로 뇌의 한 부분이 가려워질지도 모른다.
 3년간 미친듯이 알바를 했는데도 셀룸생활을 벗어날 수 없었던 기철. 가늘고 길게 살기로 마음을 먹은 상태다. 가장 흔하게 보이는 〈식당 관리 보조〉 제목 중의 하나를 누른다.
 강 건너 여의도. 아침 7시~오후 2시 7시간 근무에 10만원.
 이 정도면 꿀인데... 재빨리 문자를 보내보는 기철. 마치 기다리고 있었던 것처럼 바로 답이 온다.
 웬일로 오랜만에 일이 잘 풀리는 느낌이다.

*

새벽녘 길모퉁이를 환하게 밝히는 가게 불빛.
 가까이 다가가면, 투명창 너머로 재배기에 길러진 채소류들이 보인다. 24시간 운영되는 무인 채식 식당. 그렇다고 기철이 채식주의자는 아니다. 직장인이 아침으로 야채즙 배달시켜 먹는 것과 비슷하다고 볼 수 있다.
 보안패드에 핸드폰을 갖다대면, 지이잉 소리와 함께 열리는 출입문.
 자동 설정으로 화면에 뜬 메뉴에서 채소 3가지를 선택하고 결제를 누르면, 7000원이 결제되며 현재 잔고 액수가 잠깐 나타났다 사라진다.

998만 3000원

 미묘한 표정을 짓는 기철. 과연 나는 오늘 일을 무사히 마치고, 저 숫자가 천만원을 넘길 것인가? 방을 옮기기 위해 저축을 시작하며 천만원이 넘으면, 모든 일을 멈추고 새로운 방부터 계약하러 가려고 했다. 하지만 그 꿈은 아직 이뤄지지 않았다. 다치거나, 물건을 잃어버리거나, 심지어 난데없는 강도를 만나기도... 꼭 누군가 저위에서 조종이라도 하는 것처럼, 무슨 사고가 났다.
 셸룸을 탈출한다고 해도, 그 뒷일이 걱정이다. 늘어날 월세를 과연 감당할 수 있을까? 뭐 어떻게든 살아지겠지만 말이다.
 오늘 아침, 천만원짜리 알바를 보며 망설였던 이유가 여기 있다. 지긋지긋한 냄새같은, 이 쪼들리는 기분을 당장 어떻게 좀 해버리고 싶어서다.
 ...어차피 난 셀룸 못 벗어난다. 가늘고 길게. 마음을 비워 기철아...

 결제한 채소가 있는 재배기의 창이 열리면, 채소를 뜯어 트레이에 담아, 한쪽에 있는 개수대에서 흐르는 물에 씻으면, 식사 준비 끝이다.
 매일 알바를 나가기 전, 꼬박꼬박 치르는 의식같은 아침식사. 가진게 몸밖에 없으니까 몸을 챙기려고 시작했다. 남들은 무직이라고 하지만, 막상 알바라이프가 현실인 기철 같은 존재들에겐 이것도 직장이다. 하루살이 직장.
 자격도 없고, 경력도 없고, 연줄도 없는데 당장 먹고는 살아야 할 때. 이 알바라이프가 우리 주위에 언제나 활짝 열려있었다는 사실을 깨닫게 된다. 그 후, 세상은 알바의 눈으로 보이기 시작한다.
 어스름한 회색 거리를 바라보며 트레이 위의 채소를 씹기 시작하는 기철. 언제나처럼 도로 뱉고싶을 정도의 맛이다. 핸드폰을 켜 두툼한 스테이크 사진을 띄워놓는다. 이러면 한결 낫다.

 모노레일 정류장에 미끄러지듯 차량이 들어온다.
 아침 추위에 발을 동동거리던 직장인 두세 명과 함께 차량에 올라타는 기철. 일어서거나 앉아있는 승객들 사이를 비집고 들어가 맨 뒷편 빈자리에 앉는다.
 이제 버스는 없다. 대신 1차선에 모노레일이 깔리고 그 위를 무인 열차가 다닌다.
 승객 수와 교통 혼잡도에 맞춰 적절하게 조정되는 인공지능 열차. 시내에 전차가 다니던 근대 서울로 돌아간것 같은 모습인데, 빠르고 편리해서 도시에 사는 맛이 난다.
 자율주행 기술은 갑자기 등장해서 순식간에 주변 풍경을 바꿔놨다.
 다른 차선을 달리는 차들도 대부분 자율주행 차량. 이제는 차도로 사람들이 나올 수 없도록 차단벽이 둘려쳐져 있다.
 머리 위 50m 상공에는 레이저로 표시된 항공로로 자가용 드론이 날아다닌다. 전부 인공지능으로 운용되는 자율주행 기술을 쓴다. 자동차부터 드론까지, 원하는 곳을 빠르고 편하게 갈 수 있으니 모두들 적응 해버렸다.

 천장이 없는 터널 같은 모습의 거리. 꽤 삭막한 풍경이지만, 제법 SF영화같은 분위기다.
 차량 안을 둘러보면, 대부분의 사람들이 메타글래스를 착용한 상태다. 시야가 가로막히자, 디지털 기술에 의지해서 풍경이든 영상이든 자신이 원하는 걸 보는 중이다. 물론 주위의 상황도 실시간으로 보인다.
 핸드폰을 꺼내는 기철. 부동산 앱을 켠다.
 즐겨찾기에 갈무리해둔 월세 매물 목록을 훑어내려간다. 월 100만원에 창문이 있고, 방과 화장실, 부엌이 각각 구분된 방들. 위치가 죄다 외곽지역이다. 이렇게 되면 알바 출퇴근에 1시간 이상 걸릴 가능성이 커지지만, 셸룸 탈출이다.

물론 과자의 집처럼 멋진 나만의 집을 만들어 놓고, 책이며, 각종 영화, 음악파일들과 함께 메타글래스 안에서 지낼 수도 있다. 작업도 메타글래스에서, 여가도 메타글래스에서. 대부분의 셀룸 사는 20대들이 하는 것처럼 말이다. 하지만 실체는 결국 셀룸. 그래서 싫다.
 그래. 난 결국 마음을 비우지 못하겠다. 창문이 있는 방으로 옮겨갈 날 바로 앞에 와 있다. 오늘이야 말로 카드빚을 내서라도 반드시 실행에 옮길것이다. 알바 끝나자마자 이들 중 한 곳에 연락을 해버린다. 그리고 일 주일 안으로 새 집으로 간다.
 눈 앞에 노란 불이 켜졌다고 길을 못가는 건 아니다. 심지어 빨간불에도 건널 수 있다. 모든 건 마음 먹기에 달렸다고 생각하니 불안하게 널뛰는 마음이 한결 진정된다.
 어느덧 기철이 탄 차량이 강 건너 여의도에 도착한다.

*

냠냠각

간판을 확인하며 피식 웃는 기철.
오늘 알바를 할 가게. 최근 생겨난 중식 프랜차이즈다.
여기도 오픈 한 지 얼마 되지 않은 듯, 모든게 새것 같다.
아파트 단지의 2차선 도로를 사이에 두고, 건너편에 제법 오래돼 보이는 '청룡각'이라는 중국집이 보인다.
 순간 불길함을 느끼는 기철.
 아니나다를까, 청룡각의 문이 살짝 열리더니 주방장인 듯한 머리 허연 할아버지 한 분이 나와 기철을 노려본다.
 이런, 이집도 싸우는 중이다...
 요리도 로봇이, 서빙도 로봇이 하는 음식점이 점점더 많아지는 추세. 여기처럼 새로생긴 프랜차이즈일수록, 완전히 로봇만으로 운영하는 무인 가게들이 대부분이다.
 최고급 중식마저 똑같이 재현해 내는 것이 가능해진 조리 로봇의 수준. 맛과 가격 양쪽을 잡아낸 로봇 프랜차이즈 덕에, 기존 식당들이 위협받고 있는데... 여기도 그 상황이다. 이 경우, 지금까지 경험상 어떤 식으로든 경쟁 식당쪽의 태클이 반드시 들어왔다. 세척이 필요한 뭔가를 지속적으로 투기하는 건 양반. 심지어 손님으로 들어와서 로봇을 상대로 말싸움을 벌여 다른 손님을 모조리 내쫓는다. 식당 관리 보조 알바라는건, 일하는 로봇과 장사를 보호하는 일. 대부분 이런 상황에서 필요하다.
 벌써부터 어떤 태클이 들어올지 긴장이 되는 기철. 일단 가게 출입문 보안카메라 앞에 서서 자신이 도착했다는 사실을 알리면, 문이 스르륵 열린다.

 테이블 5개의, 프랜차이즈 치고는 비교적 작은 매장.
 서빙로봇이 퇴식구 옆쪽으로 늘어서있고, 주방도 마찬가지로 조리로봇이 한쪽 구석에 모여있다. 서빙로봇 3대에, 조리로봇은 2대. 저 상태로 가게 문 닫는 새벽 2시부터 충전중이었을거다.

 할 일은, 모든 조명을 다 켜고, 홀과 주방 상태에 별 문제 없는 지 한번 빙 둘러본 후, 이들 로봇의 전원을 켜는 것.

 이후엔 가게 한쪽 구석에 가만히 서 있기만 하면 된다. 오전 11시 이전까지는 적당한 딴짓이 허용되지만, 점심시간 대인 11시부터 2시까지는 한눈팔지말고 계속 로봇들을 지켜보고 있어야 하는 게 이 일의 암묵적 룰이다.

 로봇들이 오작동을 일으켜 덤벼들기라도 하면 어쩌나 소름이 끼치지만, 당연히 한 번도 그런 적은 없었다.

 매장에서 벌어지는 모든 일은 CCTV로 기록되는 중이고, 여차하면 경찰서 또는 소방서로 자동 신고까지 되니 걱정하지 말라는데… 만약 뭐라도 잘못될 경우 관리자인 알바생에게도 일정부분 책임을 부과하기 위한 자료를 남기는 것일 뿐이다.

 막말로 손님중 누군가가 로봇을 부순다고 가정하면, 손님이 100% 배상하는게 아니다. 현장 관리자인 알바생의 책임도 많게는 50% 까지 묻는다. 로봇 식당들의 초창기에 이런 일이 많았고, 법정공방까지 간 알바생 모두 패소했다.

 서빙로봇의 경우 한 대 가격이 500만 원 정도 하니까, 10만 원 짜리 일당 받으러 나왔다가, 100만 원 넘게 물어줘야 하는 경우가 가능하다는 말이다.

 로봇들의 전원을 다 켜놓은 기철. 주방 카운터 너머 조리 로봇의 움직임을 멍 하니 쳐다본다.

 판매 데이터로 그날의 주문량을 계산한다는 로봇들. 뒷문에 놓여있는 식재료를 가져와서 재고관리를 하고, 재료 분배까지 척척이다. 요리를 하는 조리능력보다, 저런 관리를 해내는 능력이 조리로봇이 상용화되는 마지막 관문이었다. 저 조리로봇 한 대면, 무인 식당운영이 완전히 가능해진다. 그게 서빙로봇의 열 배, 대당 5000만 원 짜리인 이유다.

 지금 시간이 7시 20분. 첫 손님은 30분 후에나 올 텐데... 잠깐 망설이다 핸드폰을 꺼내드는 기철. 메뉴화면을 눌러 볶음밥을 주문한다.
 1개 팔아주는 셈이니까 뭐라고 하진 않을 것이다. 이게 식당 관리 보조 알바의 특권이기도 하고.

-10000원

 결재를 마치자, 조리로봇이 곧바로 요리를 시작한다.
 언제봐도 경이로운, 요리하는 로봇의 모습. 심지어 중식 조리기구인 '웍'을 인간처럼 불 위에서 자유자재로 흔들고 있다. 몇 번의 훅훅거리는 불꽃이 지나간 후, 서빙로봇에 의해 기철 앞에 놓인 상하이 볶음밥. 3분만에 나왔다!

 매콤 고소한 중국 향신료의 맛. 이건 제대로다.
 문득 길 건너 청룡각쪽을 보게되는 기철. 설마... 아직도 주방장이 자신을 노려보고 있다.
 저 쪽은 아마 저분이 혼자 다 하는 상황일 것이다.
 상대의 명복을 비는 마음을 담아 공손히 묵례를 보내는 기철. 그 모습을 본 주방장이 마침내 코웃음을 치며 들어간다. 제발 오늘이 무사히 지나가야 할 텐데...

 11시를 넘기고, 본격적으로 손님들이 와야 할 텐데 12시가 됐는데도 생각보다 훨씬 한가하다. 이렇게 끝나는구나 생각하려는 찰나, 갑자기 열 명 정도의 초등학생들이 몰려들어온다. 근처에 초등학교가 있었고, 수업이 끝난 것이다. 시간은 1시 13분 13초. 비로소 오늘의 본 게임이 시작됐다. 이 어중간한 타이밍이 주는 타오르는 듯한 불안감. 지난 3년간의 알바가 주마등처럼 뇌리를 스치는데... 지금이 최고로 불길하다.
 다시 청룡각쪽을 보게되는 기철. 이런... 그 할아버지가 가게 밖에 서서 팔짱을 낀 채로 이쪽을 뚫어져라 쳐다보고 있다.
 이제야 상황 파악이 된다. 이 구역 초등학생 손님들을 이 로봇 식당이 다 뺏아간 거다.

 순식간에 모든 테이블을 가득 채운 초등학생들.
 일사분란하게 주문을 마친 후, 조용히 자리에 앉아 로봇들을 구경하기 시작한다.
 미친듯이 떠들면서 이리저리 뛰어다닐 상황을 예상하고 바짝 긴장했는데, 정 반대의 광경. 절대 긴장을 늦출 수 없는 뭔가가 이 공간에 맴돈다. 어쩌면 저 아이들은 오늘이 처음 온게 아니고, 이 급구 알바 공고는 며칠째 매일 알바생을 갈아치워 왔을 것이다.

...오 마이 부처님, 왜 하필이면, 왜 오늘인가요...
 시선은 아이들을 향한 채 머릿속으론 끊임없이 경우의 수들을 따져본다.
 확 지금 구급차를 불러 빠져나가버릴까? 몸밖에 없는 인생, 드러누워버리는 방법이 있단말이지.
 ...응급실비는 물론, 오늘 하루 장사 손해분을 내가 떠안을 위험까지 있다. 하지만 앞으로 딱 30분만 무사히 버텨내면, 10만원 받고 새집으로 간다...
 어금니를 꽉 깨무는 기철. 에라 모르겠다. 마음속으로 난 할 수 있다를 주문처럼 반복한다.

 서빙로봇 세대가 동시에 세 방향으로 서빙을 시작한다.
 열 명이 다 다른 메뉴를 시킨듯, 주방에서는 계속 불길이 치솟는 모습. 눈앞의 모든 로봇들이 한계점 직전의 움직임을 보이는 상황이 펼쳐진다.
 계속 조용한 채 이 모든 걸 또랑또랑 지켜보는 저 열 쌍의 눈망울들. 왜그러냐고 뭐라 할 수도 없다. 그저 지켜보는 수밖에. 정 어려우면 몸으로 나서서 막아서면 되겠지. 어쨌거나 쟤들은 초등학생, 나는 성인이니까.
 로봇만 못 건드리게 하면 돼. 이건 충분히 가능하다.

 한 고비가 지나가고, 각자 앞에 놓인 음식을 먹기 시작하는 아이들. 조용한 분위기가 이상할 정도로 계속 이어지는데... 갑자기 문 쪽에 앉았던 한 명이 사레걸린 듯 기침을 시작한다.

곧 죽을듯 숨을 몰아쉬며 자리에서 일어나는 아이. 비틀대며 기철을 향해 도와달라는 손짓을 하는데, 당황한 기철이 아이한테 가면, 점점 더 심하게 콜록대며 숨이 막힌 듯한 몸짓을 한다. 어디서 본 하임리히법으로 아이의 등을 두드려 막힌 걸 토해내게 하려는데, 소용없다.
"물! 빨리! 물!!~"
 발악하는 아이. 순간 주방 근처에 앉아있던 멜빵바지 여자애가 카운터를 타고 넘어 주방 안으로 들어가면, 나머지 아이들도 우르르 주방 카운터를 타고넘는다.
 이 가게의 물은 파는 것 밖에 없다. 주문을 넣은 후, 서빙 로봇이 가져다 줄 때까지 기다려야 하는데, 물을 직접 찾겠다고 주방에 쳐들어 간 것이다.
 물병이 있는 곳을 찾아 온통 흙발로 휘젓는 아이들. 뛰어들어온 기철도 마찬가지로 정신없이 물을 찾기 시작한다.
 마침내 생수병이 든 칸을 발견한 기철. 던지라고 손을 벌리고 있는 아이에게 토스하면, 건너건너 사레들렸던 아이가 받아든 물을 꿀꺽꿀꺽 마신다. 다행이다...
 그 모습을 멍하니 바라보는데, 마법이라도 풀린 것처럼 가게 밖으로 빠져나가 버리는 아이들. 순식간에 기철 혼자가 된다.
 '헉... 로봇!~'
 다시 주방으로 뛰어들어가 조리로봇을 살피면, 모두 초록 불빛의 상태. 다행히 아무 이상 없는것 같은데... 주문이 없는데도 분주히 움직이고 있다. 멀쩡한 재료를 통째로 꺼내 가게 밖 쓰레기통에 폐기중인 로봇들. 생전 처음 보는 상황이다. 비상시 실행규칙이 발동한 모양.
 극장에서 화재 발생시 행동규칙같은 거 말이다.
 저렇게 다 버린 후에 설마 자폭을 하지는 않겠지?...
 문득 또다시 청룡각쪽을 보게되는 기철. 이제 할아버지 옆으로 멜빵바지 여자애가 서있다. 둘이 나란히 기철을 향해 씨익 웃음을 날리는 모습. 그리곤 함께 가게 안으로 들어가 버린다.
 이럴수가... 아까 그녀석들이 저집 손녀 친구들인 모양이다. 재수없게 걸렸다. 내 뒤에 올 알바가 과연 저 핵폭탄들을 해쳐나갈 수 있을지 걱정이다. 아무것도 모를테니 또 손님으로 받을테고... 아니, 알더라도 저정도의 연기력이면 어떻게 하기가 불가능하다.
 이래나저래나 알바만 죽어난다.

*

897만 3000원

 -100만원. 악몽이 현실이 됐다.
 조리로봇의 폭주로 삼일치 식재료가 전부 폐기됐고, 오염된 주방의 소독 작업 때문에 며칠간 장사도 못한다는 업주. 그 손해비용을 기철에게 일시불로 받아갔다.
 일당의 열 배.

그나마 합의 본 금액이 이렇다. 소송까지 가면 손해보는 건 너라는데, 그 이상 어떻게 할 수 가 없다. 심판 마음대로, 저쪽이 해대는 대로 당할 수 밖에 없는 게임이란 걸 그간의 경험으로 잘 안다.
 억울하면 출세 하라는데, 해봐라 출세가 되나. 출세는 커녕 월세 못내면 쫓겨날 뿐이다. 게임 오버다.

 셀룸으로 돌아온 기철.
 완전한 어둠 속, 관짝같은 침대에 드러눕는다.
 100만원이면, 최소 2주 동안 꼬박 벌어야 모을 수 있는 돈. 월세랑 식비를 계산하면... 앞으로 두 달은 지나야 집을 옮길 수 있을 것이다. 무슨 일이 생기면 더 늘어나고...
 이렇게 생각할 시간에 알바라도 찾자.
 다시 핸드폰을 켜는 기철. 알바 구인공고들을 훑기 시작하면, '생동성 알바'라는 제목에서 걸린다. 설마... 눌러보면, 그 알바가 맞다.
 14일 참여에 1000만원...
 '성격적 결함이나 폐쇄 환경의 공포증이 있으신 분에게는 부적합하다'는 주의 문구...
 담당자 연락처를 찾아 서둘러 메시지를 작성하는 기철.

 　　　　안녕하세요 생동성 알바 지원드립니다
 　　　　김기철/20세/용산거주...

 보내기 버튼을 누른 후, 해탈한 심정으로 눈을 감고 있는데, 얼마 안가 메시지 알림 소리가 난다.
 이럴수가... 벌써 답신이왔다.

*

OSAN AB

 영어로 적힌 간판을 지나쳐 들어가는 택시. 말로만 듣던 미군부대, 오산 공군기지다. 안내받은 대로, 생동성 실험 왔다고 하니 경례하며 통과시켜준다.
 어느덧 해가 저무는 모습. 천 만원짜리 알바인데, 이정도야 기꺼이 올 수 있다. 용산에서 경기도 평택까지, 두 시간 걸렸다. 기철은 운 좋게 마감 직전에 지원했다. 오늘 저녁 7시부터 일정이 시작된다고 한다.
 결국 초등학생들 덕분에 이 기회를 잡은 셈인데, 과연 기회일지 위기일지는 두고 볼 일. 십 만원 벌려다 백 만원 쓴 판에, 천 만원 짜리가 잘못되면 정말 인생 끝날지도.

 집합장소는, 기지 내 강당 건물.
 안으로 들어서면, 보안검색대의 병사가 신원을 확인하고는 명찰표를 건넨다.

49번

그럼, 내 앞에 48명이 더있다는 말인가? 생각보다 많다. 기철이 마지막인 듯, 자리를 정리한 후 앞장서 안내하는 병사. 가슴팍에 명찰표를 달고 복도 안쪽으로 들어가면, 단상 앞으로 기철과 비슷한, 한 무리의 사람들이 앉아있는 장소가 나타난다. 단상에 서 있는 여군이 알아보고 앉으라고 손짓하면, 앞에 보이는 간이의자에 털썩 앉는 기철. 맨 뒷자리다.

"자, 모든 참가자분들이 다 오셨으니, 일정을 시작하겠습니다."
 실험 진행을 담당한 군의관이라고 자신을 소개한 여군. 앞으로 2주간의 일정에 대한 자세한 내용은 군사기밀이여서 알려줄 수 없다며, 해서는 안될 일을 중심으로 설명을 빠르게 이어간다. 군사기밀이라고 하니, 생체실험이 떠오르는 상황. 전조가 좋지않다.
 주위를 둘러보면, 다 기철과 비슷한 또래들. 하나같이 많이 세탁해서 목 부위가 늘어난 상의에, 살짝 기름기가 도는 머릿결. 딱 봐도 셀룰각이다. 다들 이번이 처음이 아니라는 듯한 표정을 짓고있다.
 10분 정도로 모든 설명을 마친 후, 곧바로 격리를 시작한다는 군의관. 저녁 식사는 각자 방에서의 첫 식사로 하니, 배고프시면 빨리 움직이라고 한다. 군더더기가 1도 없는 진행이다. 강당 안의 밀폐 시설에 붙어있는 자신의 번호를 찾아 들어가라며 참가자들을 이동시킨다.

강당 문을 열면, 안쪽으로 촘촘히 늘어선 컨테이너 박스들이 보인다. 각각 번호표시가 붙어있다.
 병사의 통제에 따라 참가자들이 5명씩 입장한다.
 맨 마지막으로 들어가는 기철. 앞서 들어간 몇몇 참가자들이 문앞에 선채 망설이는 모습이 보인다. 한 번 방에 들어가면 앞으로 2주간 밖으로 못나온다고 했다.

 가장 구석에 있는 49번 자리.
 문 옆의 보안 키패드에 명찰표를 가져다대면, 찰칵 소리와 함께 밀폐문이 안쪽으로 열린다. 카드키 기능이 있다고 했다.
 문 밖에서 보이는 방의 모습은, 일단 셀룸과 별 다를게 없어 보인다. 한쪽에 붙어있는 캡슐형태의 침대를 기준으로 모든게 손이 닿는 거리 안에 있다. 침대 머리맡에 툭 튀어나온 형태로 배치된 책상까지... 태닝 머신같은 캡슐 안에서 미라처럼 자야하는 것 말고는 똑같다.
 저 안에서 2주일이면, 천만원이다.
 눈을 질끈 감고 안으로 들어가는 기철. 뒤돌아 문을 닫으면, 찰칵 소리와 함께 잠긴다. 고민이 끝났다.

 금속성 led 조명아래, 우주선 안 같은 풍경.
 책상 위에 놓인 메타글래스를 낀다. 이 방의 사용법부터 알아야 한다. 모든 궁금한 점은 이 기계를 통해 스스로 찾아보라고 했다.

가장 먼저 할일은 준비된 실험 가운으로 갈아입는것. 침대 아래쪽 서랍에 준비된 환자복 같은걸로 갈아입고, 입었던 옷은 잘 포개어 한쪽에 보관한다.
 샤워는 한쪽 구석에서 폴리에스터 소재의 방수 커튼을 친 상태로 한다(사방 50cm 쯤 되는 공간이다). 제일 중요한 밥먹는 방법은... 시야에 보이는 가이드를 보며 침대 맞은편 벽면의 버튼을 찾아 누르는 기철.
 순간 벽면이 입을 벌리듯 위 아래로 열리며, 나타나는 냉장고 같은 장치. 식사 제공기다.
 노즐 아래쪽에 그릇까지 준비된 모습. '식사제공' 버튼을 누르면, 노즐에서 죽 같은 것이 흘러나와 그릇의 절반을 채우고 멈춘다.
 메타글래스를 잠시 벗어두고 그릇 옆에 놓인 스푼을 집어드는 기철. 침대에 걸터앉아 첫 번째 식사를 시작한다.
 생각보다 질감이 두껍다. 그리고 뭔가 오독오독 씹히는 수많은 알갱이늘이 있고... 새콤 고소한 죽을 먹는것 같다. 이것이 앞으로 2주 내내 먹을 음식. 벌써 지겨운 느낌이 들지만, 못먹을 정도는 아니다.

 식사 후에도 계속 방을 살핀다.
 크기는 셀룸과 같은 사방 2.5m. 하지만 화장실도 그렇고, 셀룸보다 뭔가 한층 더 정교한데... 문득 이 네모난 공간에 나갈 수도 없이 갇혀있다는 사실에 갑자기 숨이 막힌다. 물론 비상 버튼을 눌러 나갈 수는 있지만 말이다.
 메타글래스를 벗는 기철. 잠시 심호흡을 하며 마음을 진정

시킨다.

저녁 9시.
마침내 캡슐형 침대에 눕는 기철. 내일 기상시간은 아침 7시로 지정 돼있다. 이런 점이 생동성 실험의 특징이다. 철저히 통제된 환경 속, 세끼 밥을 먹고, 일정 시간을 자면서 몸 상태를 체크하는 의료 실험에 들어와 있는 것이다.
잘 때는 반드시 캡슐 덮개를 닫고 자야한다고 했다. 침대 옆면의 닫힘 버튼을 찾아 누르는 기철. 곧이어 완전한 어둠 속에 파묻힌다.
정말 많은 일을 겪어낸 하루. 벼랑에서 떨어지듯 잠든다.

*

2주 후.
컨테이너 박스 구역 맞은편이 종료절차인 군의관 면담 장소다. 번호 표기로 구분된 간이 천막이 보인다. 49번까지 순서가 오려면 얼마나 기다려야 할까...
저녁 7시가 되자, 밀폐문이 자동으로 열리며 밖으로 나온 기철. 처음 올때 입었던 옷으로 다시 갈아입고, 면도도 마친 상태. 이제 돈 받을 생각에 기분이 산뜻하다.

천막의 휘장이 걷히고, 성큼 안으로 들어서는 군의관. 첫

날 봤던 여군이다.
 '이렇게 빨리라고??'
 엉거주춤 자리에서 일어서는 기철. 군의관이 웃으며 앉으라는 손짓을 한다.
 "먼저 축하드린다는 말씀을 드려야 겠습니다. 이번 생동성 실험에 참여한 49명 중에서, 김기철님이 가장 뛰어난 적응도를 보여주셨습니다."
 "제가요?? 전 그냥 먹고 자고 메타글래스 한 것 밖에는 없는데?..."
 첫날부터 좋았다. 몸의 각 부위에 선들을 연결한 상태로 메타글래스의 다양한 운동 프로그램을 할 수 있었다. 책도 실컷 읽었고. 심지어 침대 캡슐을 수직으로 세워, 일종의 런닝 머신처럼 이용하는 방법을 알아내기도 했다. 물론 그 죽같은 상태의 영양식만큼은 도저히 좋아할 수 없었지만 말이다. 오랜만에 운동도 실컷 하고, 푹 쉬었다.

 "13명이 중도 이탈했어요. 끝까지 완주한 36명 중에 스트레스 등 건강지수가 나빠지신 분이 20명이구요. 12명은 지켜야 할 규칙을 어겼습니다. 모든 규칙을 지키면서 건강이 좋아지신 분은 기철님 포함해서 네 분이세요. 그중에서도 기철님이 스트레스나, 영양상태 등의 신체지수가 가장 양호한 수치를 보이셨다는 말입니다."
 의외라는 듯이 어깨를 으쓱 해 보이는 기철. 이제 돈받을 생각에 저절로 퍼지려는 웃음을 애써 참는다.
 "이번에 기철님이 참여하신 생동성 실험의 목적은 지금 이

자리까지 오는데에 있었어요. 제안을 하나 드릴건데, 먼저 서명을 하셔야 합니다. 말씀드릴 내용을 아무에게도 발설하지 않는다는 비밀유지 서약서입니다."
 내민 서류를 보면, 깨알같이 적혀있는 내용. 읽을 엄두가 나지 않아 그냥 서명을 해버린다.

"이번 실험은, 전 세계 25개국에서 동시에 진행됐습니다. 미국에서 진행될 극비 프로젝트에 적합한 인재를 뽑아 보내는 것이 목적이구요."
 서류를 챙긴 군의관이 기철을 똑바로 응시하며 설명한다.
"해당 프로젝트는 총 1년 6개월 짜리입니다. 실질적 참가 기간은 1년. 이번에 경험하신 것과 비슷한 폐쇄형 공간에서 진행됩니다. 일정 종료후 사례비 20억이 지급됩니다."
 억 소리에 정신이 번쩍 든다. 평생 2000만원도 만져볼 수 있을지도 불확실한 하루살이 인생인데, 그 100배다...
 기철의 변화하는 표정을 지켜보며 은은한 미소를 짓는 군의관. 이 자리의 목적은 이미 달성된 거나 다름없다.
"뭘 하는 건데요?"
 떨림을 애써 감추며 기철이 묻는다.
"저희도 정확한 내용을 알지 못합니다. 직접 그쪽 가셔서 확인 하셔야 해요. 물론 참가 동의서는 지금 여기서 서명하셔야 하구요."
 또다른 깨알같은 서류. 심지어 그 내용은 미국까지 가서 확인 할 수 있다니, 뭔가 제대로 도사리고 있는 냄새가 난다.

"일정이 어떻게되는데요?"
"서명이 끝나는 대로 바로 출발 합니다. 그래서 여기가 공군기지인 거구요."

 순간 철렁이는 기철의 표정. 천만원을 써보지도 못하고 더 큰 판으로 간다는 게 어째 점점 말리는 느낌. 하지만 지금 이게 사기라고 하기엔 모든게 너무나 사실적이다. 바로 앞에서 눈을 부릅뜬 채 노려보는 이분 때문에 볼을 꼬집어 볼 수도 없고...

"수락 안하시면 기회는 다음 분에게 돌아갑니다. 기철님이 첫 번째고, 네 분을 뽑아놨으니, 세 분 더 계세요. 이런 기회를 마다할 분은 아마 없겠죠?"

 첫 번째라니... 태어나서 지금까지 1등은 구경조차 한 적이 없는데, 2주간의 격리생활에서 가장 뛰어난 모습을 보여줬나보다. 이 상황을 어떻게 받아들여야 할지 도저히 감이 안잡힌다.

1년간의 격리 실험에 20억.

 1년이나 격리 생활을 할 자신이 있는지 스스로에게 되물어보는 기철. 지난 3년을 돌이켜보면, 집과 알바 사이를 왔다갔다 했을 뿐이다. 서울이란 도시에서의 격리생활이나 다름없다.

 변한 것도 없고, 나아진 것도 없는. 월세 압박에 쫓기며 하루하루 이어가던 삶.

"갈게."

 마침내 툭 내뱉는 기철. 눈은 뜨고 있지만, 더 이상 아무것도 보고있지 않다.

*

 활주로에 처음보는 모양의 비행기가 서있다.
 긴 새부리같이 뾰족한 앞부분. 조종석 창문은 없고, 뒷부분에 우주선같은 엔진 노즐을 달았다. 한 눈에도 굉장한 속도일 것 같은 모습.
 기다리고 있다는 듯, 옆구리의 탑승구에서 바닥을 향해 계단이 내려져 있다. 저 전투기 같은 걸 타고 미국에 있다는 극비 실험장으로 갈 모양이다.
 "안에 서류와 기철님의 소지품이 들었습니다. 도착하시면 필요한 물건들은 새롭게 지급 받으실 거구요."
 건네는 더플백을 받아드는 기철. 어쩐지 군인이 된것 같은 상황이다. 잊을 뻔 했다는 듯, 주머니에서 핸드폰 같은걸 꺼내 건네는 군의관.
 "통역기예요. 당분간 기철님께 꼭 필요한 물건이 될 겁니다."
 미국 간다는데 영어를 못한다는 사실을 완전히 잊고있었다. 탑승구로 올라가다가 문득 돌아보면, 자신을 향해 경례를 하고 있는 군의관의 모습. 어쩐지 엄숙함이 느껴져 자기도 모르게 경례로 답한다.

 영화에서 봤던 개인 전용기 내부의 모습. 통로 양옆으로 다섯개 씩 열 개의 빈 좌석이 있다. 안에 있던 미군의 안내를 받아 그중 한 자리에 앉으면, 곧바로 비행기가 움직이기 시작한다.
 쏘아지는 로켓에 탄 것처럼 엄청난 속도로 이륙하는 비행기. 곧 잔잔해지며 미끄러지듯 날아간다.
 모든게 꿈처럼 비현실적이다.

3장. 출발

오전 9시 30분.
 출발할 때가 저녁 7시 30분이었는데, 도착하니 같은 날 아침. 하루를 두 번 사는 중이다.

"여기는 미국 네바다주의 Area 41구역 내 기지입니다."

 활주로 주변으로 온통 모래 황무지뿐인 모습.
 손에 쥔 통역기로부터 미군이 말하는 영어가 그대로 한국말로 바꿔 들린다. 한국에서 미국까지 7시간... 전투기급 속도다. 핸드폰 검색을 누르니, '죽음의 사막'이라는 설명이 뜬다.
 함께온 미군과 기다리고 있는 군용 지프 차량에 올라타면, 모래 사이로 난 길을 따라 달리기 시작한다.
 언덕지형 너머, 내리막으로 향하는 순간, 시야를 압도하는 광대한 사막의 지평선. 먼 곳으로 발사대에 서있는 로켓 형태의 우주선이 보인다.
 문득 몇 시간 전, 잘 모른다고 얼버무리던 군의관의 부러운 듯한 표정이 떠오른다. 설마 일개 생동성 실험에 지원한 알바생이 우주로 갈 리는 없겠지? 말이 될리가 없다. 이게 무슨 부루마블 게임도 아니고 말이다. 머릿속에 이대로 저 우주선까지 가서, 우주선에 타는 장면을 그려본다.
 한동안 달리던 지프가 셔터 문 앞에 멈춰선다.
 모래 언덕 아래 움푹 들어간 골짜기 안이다.

"다 왔습니다. 사막 호수 공군기지에 온 것을 환영합니다."
 다시 통역기 음성. 동시에 셔터 문이 위로 들어올려지며, 공군기지의 내부가 드러난다. 갑자기 다른 차원의 세계가 눈앞에 펼쳐진 듯한 모습이다.

 기지 내 격납고.
 전투기가 빠져나간 빈 공간에, 기철 또래의 다섯 명이 각자 딴짓을 하며 앉아있다.
 나타난 기철에게 순간적으로 모이는 시선들. 그 눈빛에서 같은 목적으로 왔다는 걸 직감할 수 있다. 알바생은 알바생을 알아본다.
 서로 완전히 다른 나라에서 온듯한 비주얼. 절대 상대의 말을 알아듣지 못할 것처럼 생긴 외국인들이다. 군의관이 준 통역기를 괜히 만지작거려본다. 핸드폰과 비슷하지만, 통역 관련 기능만 있는 기계. 마법의 주둥이를 가진 것 같은 느낌이다.
 일행의 얼굴을 살펴보면, 다들 한 개인주의 할 것 같은 분위기. 어쩐지 내가 총대를 매야 할 것 같다. 세상을 널리 이롭게 하는 홍익인간의 정신을 타고난, 한국인 이니까... 초등학교 때 배운 내용이 이런 상황에서 튀어나온다.

 "안녕 운 좋은 놈들아? 나부터 소개할게. 난 한국에서온 쥐라고 해. 셀룸이라는 좁은 방에 살면서 항상 열심히 갉아먹고 살아가는 나에게 내가 붙인 애칭이야."
 통역어를 영어로 설정하고 말했다. 내 목소리로 음성을 만들어줘서, 내가 영어로 말하는 것 같다. 진짜로 마법의 주둥이다. '쥐'라는 말을 들은 몇몇 알바생의 표정이 찌부러진다. 좋은 신호다. 이 장소와 서로에 대한 긴장이 조금 누그러졌다.
 "농담이야. 난 서울에서 온 스무살 알바생, 김기철이다. 잘부탁해~ 내 다음... 거기 노랑머리 여자애. 어 너. 소개 좀 해줘."
 얼어붙은 관계를 녹일 목적이니까, 같은 동양인 두 명 중 일부러 말 걸기 힘든 쪽으로 골랐다. 염색 머리도 그렇고, 애니메이션에서 막 튀어나온 주인공 분위기의 레이싱 재킷을 입고있다.

 "세이코라고 해. 도쿄에서 왔고 20살이야. 운 좋게 큰 알바를 잡아서 행복해."
 각 나라 언어로 바뀌지는 통역기의 소리들. 곧이어 동네 친구같은 분위기가 생겨난다. 역시 이들에겐 사소한 대화가 필요했다. 그녀가 건너편의 통통한 곱슬머리 여자애 에게 순서를 넘긴다.
 "난 리사. 하와이에서 왔다. 놀만큼 놀았으니까 알아서 조심해주길 바란다. 우습게 보면 재미 없을거야."
 팔짱을 끼고 정색하며 말하는데, 미안하지만... 귀엽게 보인다. 누군가의 킥킥대는 소리에 얼굴이 빨개진 리사. 서둘러 옆에 인도 전통복장 차림의 어깨를 툭 친다. 눈썹 사이에 빨간 점을 찍은 여자애다.
 "저는 콜카타에서 온 파티마라고 합니다. 신의 축복으로 여기계신 귀인분들과 만나뵙게되어 영광입니다."
 경건히 양손을 모아 인사하는 모습을 멀뚱하게 바라보는 일행. 종교도, 문화도 다르다는 게 확연해지는 순간이다.
 파티마는 건너편 동양인 남자애를 손짓으로 가리킨다. 몸집이 작아서 그런지, 일행 중에서 가장 어려보인다.
 "난 로이야. 하노이에서 커피배달을 했어. 다들 그렇겠지만, 이 알바에 당첨돼서 너무 기쁘다. 이번에 돈 벌어서 집에 돌아가면 커피가게를 차리려고."
 뭐가 그렇게 좋은지, 말하며 얼굴에 미소가 가득하다.

 "내가 마지막이니까, 내가 날 소개할게."
 남은 한 명인, 곱슬머리 남자애가 시킬 필요도 없이 말을 꺼낸다. 악동같은 웃음기 서린 표정. 까만 피부에 옅은 초록빛 눈을 한, 인종을 가늠하기 힘든 모습.
 "파리에서 온 뤽이라고 해. 정확히 말하면 파리의 길거리 출신이지. 내 촉이 그러는데, 우리가 여기서 살아남으려면 서로 잘 뭉쳐야 한다는데? 돈도 살아 남아야 받는 것 아니겠어?"
 지금 여기 앉아있는 모두가 잠시 덮어둔 상태의 의혹을 휘저어 버리는 듯한 말이다. 각자 생각에 빠져드는 일행. 20억이나 지급되는 프로젝트를 이런 알바생들로 한다니... 왜 이러는지 주최자에게 묻고 싶은 심정이다. 무슨 갑부들이 취미로 벌이는 이상한 게임에 들어온게 아닌지 하는 의심을 가진들, 전혀 이상할게 없는 상황. 미군 공군 기지임이 확실한 이 장소가 의혹을 향해 달리려는 상상력을 겨우 현실에 붙잡아놓는다.

 때마침 출입문이 열리고, 양복 차림의 남자와 군인 두 명, 그리고... 로봇이 들어온다.

 저건, 로봇 중에서도 가장 비싼, 대당 3억짜리 가사 도우미 로봇인데, 왜 저걸 데려왔지?...

 "안녕하세요. 저는 국제우주개발기구의 미국 대표입니다. 서로 인사들 나누셨으리라 알고, 곧바로 이번 프로젝트에 대해 설명드리겠습니다. 미국 우주군 특수작전대 중장님이십니다. 중장님."

 빠르게 말을 쏟아낸 양복 남자가 옆에 선 군인에게 순서를 넘긴다. 대답이라도 하듯 군인의 옷 위에서 번쩍이는 두 개의 별. 뭔가 큰 일이 벌어질 것처럼 긴장되는 분위기 속, 일행이 마른침을 삼킨다.

 "여기 모인 여섯 분은 화성 미션에 투입되기위해 모셨습니다. 여러분은 오늘 이자리를 끝으로 화성으로 출발, 앞으로 1년 6개월간 화성에 다녀오시게 됩니다. 국가적 보안 사안이라 이제서야 공개하게 된 점 양해의 말씀 드립니다."

 화.성.이.라.고... 완전히 벙 찐 느낌. 일행을 돌아보면, 다들 멍 하다.

 도대체 왜. 아니, 어떻게 이게 가능하지? 우린 단지 생동성 알바의 꿀을 빨려고 한 지원자들일뿐인데? 거기다 미션이라는 건 또 뭐고? 이 여섯명이 화성에서 우주 생동성 실험을 한다는 말인가?? 결론적으로 어쨌거나 1년 6개월 동안 우주선 안에 갇혀 지내는 생동성 실험이라는 말일거다. 그것도 화성까지 가서...

"여러분이 무슨 생각을 하는지 압니다. 무엇을 생각하시든, 그 이상으로 여러분에 대해 잘 알고 있거든요. 2주간의 격리 실험으로 필요한 모든 검증을 통과하신 분들이 바로 여기계신 여러분들 입니다."

"그러니까, 우리가 지금 우주선을 타고 화성으로 가야한다는 말씀이세요? 훈련같은것도 안 받고요?"

손을 들고 질문하는 파티마. 지금 모두의 머릿속을 맴도는 생각이다.

"좋은 질문입니다. 이 미션의 핵심은, 폐쇄 공간에서의 적응력입니다. 생동성 실험에 한 번 이상 참여하셨던 여러분의 데이터를 분석한 결과, 신체정신적 측면에서의 이번 미션에 필요한 적정 기준을 충족하셨습니다. 또한, 화성에서 겪게될 중력의 변화와 방시능 수치에 따른 인체의 영향은, 화성과 완전히 똑같은 상태로 설정한 2주간의 폐쇄 룸 실험 결과 적응이 가능 하신 걸로 나왔습니다."

"2주는 1년 6개월에 비해 좀 짧지 않나요?"

맘에 안든다는 듯, 톤이 많이 올라간 리사다.

"안타깝게도 시간 관계상 더 이상의 준비는 할 수 없습니다. 그래서 이 프로젝트가 극비이고, 이러한 위험을 무릅쓰는 대가로 20억이라는 비용과 국제우주개발기구를 대표하는 우주인의 영예를 가져가시는 겁니다."

침묵이 흐른다. 이 일은 절대로 일개 알바생들이 감당할수 있는 수준이 아니다. 전문 우주인이라면 모를까... 일행의 반응을 보던 중장이 한숨을 내쉰다.
 "우주선이 발사되어 대기권을 벗어나는 것. 화성까지 3개월간 무사히 이동하는 것. 화성에 이상없이 착륙 하는 것. 이 세가지 모두 다 100% 성공해야만 하지만, 그럴 보장이 없습니다. 확률적으로 60% 정도일 겁니다. 아무리 훈련이 잘 된 우주인이나, 기본 체력 정도만 갖춘 민간인이나 저 확률은 똑같이 적용됩니다. 이것이 여러분이 지금 출발해도 문제될게 전혀없는 이유입니다."
 "아니, 화성까지 3개월 밖에 안걸린다고요? 1년은 걸린다고 들은 것 같은데?"
 너무 의문점이 많아서 뭐부터 물어야 할지 모를 때, 뤽이 딱 적당한 질문을 해낸다.
 "2035년은, 지구와 화성이 서로에게 제일 가까워지는 시기입니다. 15년 마다 이뤄지는, '화성 대근접 시기'라고 칭하지요. 거기에, 더 빠르고, 더 가볍고, 더 안전한 핵추진 로켓 엔진을 사용합니다. 이 두가지가 맞물린 결과, 화성까지 3개월 만에 오갈 수 있게 된 겁니다. 이 모든 걸 누릴 여러분께서는, 진정한 행운아 입니다."
 말을 마치고 씨익 웃으며 일행을 둘러보는 중장. 말을 통해 정체를 알 수 없는 들뜬 기분이 퍼지며, 당황했던 얼굴들이 어느새 출발할 마음의 준비가 다 되버렸다.
 이런게 군인이 가진 진정한 무서움인가? 라는 생각이 스치는 기철. 어쨌거나 상황은 이미 돌이킬수 없는 강을 건너버렸다.

"미션 수행에 필요한 모든 훈련 및 지시사항들은 화성에 무사히 도착한 직후에 전달 될 겁니다. 여기 여러분과 함께할 7번째 요원, 마크가 그 역할을 잘 해낼 거구요. 마크, 동료들에게 인사하고 자리에 앉게."
 중장의 부름에, 옆에 서있던 키작은 로봇이 자연스러운 동작으로 단상에 나선다. 둥그런 수달같은 얼굴부터 가사 도우미 로봇처럼 생겼지만, 모든 면에서 뭔가 훨씬 인간에 가깝다. 두 개의 카메라 렌즈가 조리개를 조절하며 말없이 주변을 담고있는 모습. 아마도 감정을 읽는 기능이 작동중일 것이다.

"안녕하세요. 화성 미션의 시작부터 끝까지 여러분과 함께할 마크입니다."
 약간의 사이를 두고 마크가 말을 시작한다. 이마저도 연설 기술을 사용중인 인간같은데... 소름이 끼칠 정도다.
"캘리포니아의 로봇 공장에서 이 미션을 목적으로 1년 전에 생산됐습니다. 지난 1년간, 독거노인 심리상담 지원, 건축 시공현장 지원, 경찰업무 지원, 그리고 물론 이번 화성 미션과 관련한 집중 훈련까지, 여러 현장에서 데이터를 쌓으며 성공적인 업데이트를 해 왔습니다. 입력 데이터가 많을수록 실행 정확도가 올라가니까요. 화성에서 여러분과 함께하며 미션에 필요한 모든 업무를 분배하고 관리하는 게 저의 임무입니다. 앞으로 여정을 진행하며 궁금한 점이 있으시면, 언제든 물어봐 주시면 감사하겠습니다."
 일행을 향해 꾸벅 인사하는 로봇. 단상에서 내려오더니, 빈 의자를 찾아 앉는다. 뭐라고 하려던 말을 잊어버린 듯한 일행. 갑자기 등장한 새 동료라는, 이 로봇의 얼굴만 쳐다본다.

 "아직 마음을 결정하지 못하신 분들을 위해서 마지막 기회를 드리겠습니다. 가고싶지 않으신 분 께서는 지금 일어나셔서 저 문 밖으로 나가시면 됩니다. 문 밖에 대기중인 병사가 여러분을 집까지 안전하게 돌아가실 수 있도록 잘 안내해 드릴겁니다."
 빠져나갈 숨구멍까지 틔여준다. 이정도로 말도 안되는 일은 상대가 믿는 순간이 성공한 거나 다름없다.
 자리에서 벌떡 일어서는 세이코. 순간 모든 시선이 모이는데,
 "화장실이 어디죠?"
 맥이 풀리는 느낌으로 한쪽 구석을 가리키면, 세이코가 화장실을 향해 뛰어간다.
 여기 모인 어느 누구도 일어서지 않을 것이다. 적어도 기철은 그렇게 생각한다. 알바생의 현실에선, 1년 6개월 동안 50만원 모으면 잘한거니까 말이다.
 잠깐 사이에 다시 돌아오는 세이코. 이번엔 기철이 자리에서 일어선다.

일행을 둘러보며 한명씩 눈을 마주치는 기철. 알바생 대표로서 이 미션에 대한 최종 확정을 하겠다는 의미다. 각자의 생동성 알바를 끝내고, 또다시 미국행 비행기에 오른 시점에서 그들은 이미 목숨을 내걸었다. 모두들 동의하듯 고개를 끄덕인다.

"우리가 궁금한 건 딱 한가지입니다. 진실을 말해주세요. 왜 하필 우리인거죠?"
 질문을 받은 중장의 얼굴에 순간 망설임이 스친다. 결심한 듯 표정을 굳히는 그. 어쩐지 질문을 듣고 상대에 대한 존경심 비슷한 게 드는 모양이다.
 사실 인간을 움직이는 건 돈이 아니다. 이해다. 이해하지 못하면 어떤 일도 할 수 없다. 설사 한다 하더라도 무의미하고. 눈을 감은 상태로 여행을 다녀오는 것과 마찬가지 일테니 말이다.

"...인내심과 환경 적응 능력 때문입니다. 폐쇄환경에서 생활할 때 이 두 가지의 수치가 기준 이하일 경우, 녹아내리게 됩니다. 물론 비유적 표현이지만요."
 구덩이 같은 셀룸에 살며 매일 반복되는 일용직의 굴레를 견디다 보면, 인내심과 적응력만 남는다는 말인가?... 그들의 마음에 자부심과 자조감이 동시에 든다.
 일행의 반응을 확인한 중장. 아까부터 한쪽 옆에 계속 서 있던 다른 한 명의 군인, 부관에게 손짓하면, 그가 단상 앞으로 나와 선다.

"그럼, 이동하셔서 준비된 우주복으로 갈아입겠습니다. 입고계신 옷과 소지품은 저희가 그대로 보관했다가 복귀 하실때 돌려드리니 걱정하지 마시구요."

부관이 가리키는 방향을 보면, 한쪽 구석에 간이 탈의실인 듯한 천막이 보인다.

가장 먼저 자리에서 일어나는 뤽. 그새 친해졌는지 로이와 함께 어깨동무를 하고선 탈의실 쪽으로 향한다. 그 뒤를 따르는 세이코, 파티마, 리사의 여자 세 명. 기철은 맨 뒤에서 천천히 따라 간다. 최대한 늦출 수 있을 때까진 늦추고 싶은 심정이다.

*

"그럼, 행운을 빌어요~"

간단한 인사말을 뒤로 우주선을 나가는 부관. 격납고에서부터 여기까지 데려다 줬다. 미국 땅을 밟은지 불과 몇 시간 만에, 우주선 탑승까지 하게 된 것. 믿겨지지 않지만 사실이다.

우주복은, 두툼한 방한복을 입은 느낌. 가볍고 편안하다. 몸을 제법 움직였는데도 더워지거나 땀이 차지 않는 것 같다. 온도조절 기능이 작동 중인 듯 싶다.

우주복을 입고 나오자, 문 밖에 셔틀이 대기하고 있었다.

모래 언덕 너머로 비죽이 세워진 우주선을 바라보며 8km 가량을 달려 이곳에 도착했다.

 따듯하고 은은한 미색 조명이 밝히고 있는 내부. 특수 기능성 방호벽 처럼보이는, 두꺼운 소재로 둘러싸인채로 텅 빈 수직 구조의 공간. 로켓 형태의, 수직으로 세워진 우주선 답게, 머리 위쪽으로 10층 높이까지가 뻥 뚫려있다. 30m는 될 것이다. 당연히 창문도 없다. 이들이 앉을 자리는 안쪽 어딘가에 숨겨진 상태인것 같다. 바닥은 반원 형태. 한쪽 끝에서 끝까지 대략 큰 걸음으로 스무 걸음 쯤 되보이니, 20m 정도다.
 부관이 말하길, 이제부터 필요한 모든 설명은 마크에게 들으면 된다고 했다. 이들과 임무를 함께 할 로봇 말이다.
 동시에 같은 생각을 한 것처럼, 6명이 전부 마크에게 시선을 돌린다.
 150cm 정도의 키에, 금속 재질이 그대로 드러난 몸통과 팔다리, 수달 형태의 머리로 이루어진 로봇. 자신을 쳐다보는 시선을 이해한 듯, 둥그런 얼굴 위로 한 쌍의 카메라 렌즈를 반짝인다.

"앉을 곳은 도대체 어디 붙어있는거야?"
껄렁한 첫 질문. 뤽 이다.
"네! 물론 있습니다. 잠시만요!~"
긴장과 두려움이 섞인, 어둑한 일행의 분위기와는 극대비되는, 완전히 밝고 활기찬 로봇의 대답. 소리만으로 눈부심이 느껴질 정도다.

 벽 쪽을 향해 이동하더니, 갑자기 쭈그려 앉는 마크. 근처 바닥에 숨겨진 손바닥 크기의 덮개를 연다. 안쪽의 스위치를 누르면, 일행의 뒤, 벽면쪽 바닥에서 뭔가가 솟아오르기 시작한다. 곧이어 모습을 드러내는 계기반과 모니터가 설치된, 관제실. 벽면에 붙은, 가로세로 3m 정도의 오픈된 공간이다. 마크가 그 안에 들어가서 선다.

 "여기가 우주선의 관제실입니다. 이걸 누르면~"

 계기반의 스위치를 누르는 마크. 동시에, 맞은편 벽면에서 솟아오르며 자리를 잡아가는 컨테이너 형태의 구조물들. 저건, 생동성 실험에서 봤던 모양인데... 아마도 저것들의 내부에 각자의 탑승 좌석이 있는 듯 하다. 벽면의 사다리를 타고 올라가야 한다.

 "보고계신 곳이 여러분이 앞으로 생활할 공간입니다. 캡슐이라고 하죠. 제가 출발 준비 버튼을 누르면, 출입문은 닫히고, 여러분은 각자의 캡슐에 자리잡고 앉으셔야 합니다. 마지막 기회입니다. 마음 바뀌신 분 있으세요?"

 우주선 문을 닫아걸고 출발을 확정시키겠다는 말. 밝고 명랑한 말씨가 사태의 심각성을 알수없게 만든다. 식당에서 점심 메뉴를 권하는 것처럼 들린달까? 이건 극비 군사작전에 투입된 상황이라고 관점을 바꿔보면 아찔하다.

 다들 마크가 뻗은 손 끝을 노려본 채 아무 말도 없다.

 "셋을 셀게요. 셋... 둘... 하나..."

모두가 소리없이 지켜보는 가운데 닫히는 출입문. 철컥 소리를 내며 밀폐상태를 마친다.
 "시간이 없으니 짧게 설명할게요. 사다리를 타고 각자의 캡슐에 자리를 잡으시면, 여정이 시작됩니다. 발사 후 제 2 출발지점까지 6시간의 비행을 하고, 거기서 화성까지는 약 90일이 소요됩니다. 여러분의 임무는 화성에서 1년간 진행될 예정이며, 화성에 도착한 이후에 미션 브리핑과 업무 분배를 할 것입니다. 질문 있으신가요?"
 "도착때까지 3개월을 저 상자곽에 갇혀있으라고요?"
 창백한 낯빛으로 세이코가 묻는다. 좀전에도 화장실에 다녀온 유일한 참가자. 화장실 쓰는 것부터, 모든 게 다 걱정이라는 표정. 2주와 3개월은 100m달리기와 마라톤 정도의 차이니까 그럴만도 하지만, 저들이 말하는 적응도 검증을 통과한 사람치고 초조해 보이는 모습. 어쩐지 불길하다.
 "너무 걱정 안하셔도 돼요. 그 3개월 동안 여러분은 동면 상태로 계시니까요. 그리고 캡슐은 앞으로 1년 6개월 동안을 살아가시게 될 여러분의 집입니다. 상자곽처럼 보이겠지만, 저 안에 인류 최고의 기술이 집약됐죠. 무엇보다도 가장 중요한 우주 방사선 차단은 물론, 중력 조절장치를 통해 인체에 지구와 똑같은 환경을 제공 드립니다. 덕분에 우주 체류로 인한 악영향이 예방됩니다. 필수 영양소를 완벽하게 담은 식사제공은 물론, 메타글래스로 할 수 있는 다양한 체험까지, 모든 것을 갖춘 장기간 우주 체류시설입니다. 우주선 내 모든 도구의 작동법을 설명해주는 튜토리얼 모드도 있으니, 제 2지점 도착까지의 앞으로 6시간 동안 여유 있게 기능들을 살펴보세요~"
 곰도 아니고, 동면?! 그리고 저 캡슐 안에서 1년 6개월을 보낸다라... 사실 화성에 간다는 것 자체가 이들에겐 말도 안되는 얘기다. 막상 눈앞에 닥쳐서 보니 모든것 하나하나가 전부 의심스러운 일에다가, 아무것도 해선 안 될 것처럼 다가온다. 나갈수도 없는 상태가 되고 나서야 이런 구체적인 이야기들을 알려준다는 게 무엇보다도 가장 기분나쁘다.

"화성 도착 전에 무슨 일이 생기면요?"
 문득 든 생각을 질문하는 기철. 좋은 질문이다. 참가자 몇몇이 고개를 끄덕이며 마크를 쳐다본다.
 "아까 중장님이 말씀하신 40%의 실패 확률은, 안전 범위 안에 있다는 말씀을 드리고 싶습니다. 위험 변수는 워낙 다양한 경우의 수를 초래해서 미리 말씀드리는 것이 무의미합니다. 성공할 60%에 대해서 생각하시는 편이 여러분의 정신건강에 이롭습니다. 무엇보다 위험 감수에 따른 대가를 적절하게 지급받으신다는 점을 생각하시면 되겠습니다."
 충분한 대답이 됐다. 저 로봇은 확률을 기준삼아 가차없는 결정을 내릴 것이다. 자원의 효율적 배분을 위해서, 이들 중 몇 명이 우주로 내던져지는 그림을 머릿속에 떠올리는 일행. 비장한 분위기가 맴돈다.

"자 그럼, 오늘 도착하신 순서대로, 마지막에 온 기철씨부터 올라가세요. 자리는 맨 위쪽, 6번 캡슐 입니다. 들어가시면 옷 갈아입기 부터 하세요. 왼쪽 벽면의 무릎 높이에 버튼이 있습니다."

 이럴수가. 제일 꼭대기라니... 10층 높이를 사다리를 타고 올라가야 한다. 일행을 돌아보면, 얼굴 표정에 올라가는 순서가 그대로 드러난 듯하다.

 로이가 고개를 푹 숙이는 걸로봐서 기철 다음인 듯 하고, 파티마가 안도하는 걸로 봐서 아까 제일 먼저 왔던 것 같다. 맨 첫번째 캡슐까지는 2층 정도만 올라가면 된다.

 할 수 없이 눈앞의 사다리를 오르기 시작하는 기철. 고소공포증이 있는 건 아니지만, 아래를 내려다 볼 엄두가 안난다.

 젊고, 가난하고, 저소득층일수록, 30층 이상에 위치한 셀룸에 살테니 높은 장소에 익숙하지 않겠냐고 생각할 수 있다. 하지만 창문도 없는 폐쇄적인 공간일 뿐이다. 높은 곳보다 좁은 곳에 익숙한 거고.

 식은땀을 흘리며 후들거리는 팔다리로 마침내 도착한 #6 표시가 붙은 캡슐의 자리. 사다리에 바짝 붙은 채 손을 뻗어 '열림'버튼을 누르자, 캡슐 면 위아래로 덮개가 벌어지며 내부가 드러난다. 완전히 캄캄해서 꼭 괴물의 입 속으로 들어가는 것 같은 상황. 에라 모르겠다. 눈을 질끈 감은 채, 안쪽을 향해 건너 들어간다.

*

 자동으로 닫히는 문. 어느새 따듯한 분위기의 조명이 은은하게 비춰 안정적인 느낌을 준다.
 기분 탓인가? 분명 생동성 실험 때와 비슷할 텐데, 여기가 더 넓은 것 같다. 거대한 옷장 안에 들어온 것 같기도 하고. 춤을 춰도 될것처럼 여유로운 공간이다.
 '먼저 옷부터 갈아입어 볼까?...'
 마크의 말대로 왼편 발치의 벽면에 손바닥 만 한 덮개가 보인다. 안쪽의 버튼을 누르면, 나타나는 수납장. 우주복과 헬멧을 벗어 표시된 자리에 올려놓으면 자동 방식으로 수납되고, 기능성 특수복처럼 보이는 반투명 재질의 옷이 나타난다.
 갈아 입을 캡슐복이다. 이것 역시 상하의 일체형 점프수트 타입. 발부터 한쪽씩 집어넣고 양 팔까지 끼워넣자, 나머지는 저절로 몸에 맞춰지며 옷이 입혀진다.
 버튼을 눌러 도로 옷장을 집어넣고 돌아서면, 맞은편 벽면 눈높이에 붙어있는 모니터화면. 인사말이 떠있다.

　　-김기철님. 콜롬버스호 승선을 환영합니다!-

 배를 타고 미지의 대륙을 찾아나선 탐험가였나? 기억 속 언젠가 세계사 책에서 본 적 있는 이름. 아메리카 대륙을 발견했다는 위인이 이 우주선 이름인가 보다.
 이제껏 공부와는 별로 인연이 없었고, 앞으로도 그럴 계획이 없는데, 이 순간. 책에서 본 기억이 선명하게 났다는 게 신기한 기철. 이걸 어떻게 설명해야 하나... 떠오르는 태양을 바라보다 갑자기 깨달음이 찾아온, 인류 진화의 역사적 순간 정도? 마치 신의 계시를 받은 것 같은 기분이다. 어쩐지 자신이 앞으로 공부를 하게될 것 같은 느낌이 든다...
 여전히 화성으로 가는 우주선에 타고 있다는 사실이 믿겨지지도 잘 와닿지도 않는다. 이건 개천에 있다가 화성으로 공간이동을 해버린 정도의 상황이니까 말이다.
 화면을 터치하자 아래쪽 서랍에서 메타글래스가 튀어나옴과 동시에 착용하라는 표시가 뜬다.
 익숙한 메타글래스.
 머리 위로 뒤집어쓰면, 눈 앞이 밝아지며 훤히 보이는 캡슐 안. 동시에 사방 벽에서 연결선들이 촉수처럼 튀어나온다.
 SF 만화 속 한 장면 같은데? 시선에 보이는 가이드를 따라 양 손과 팔 다리, 머리에 쓴 메타글래스 뒷부분 등에 선을 연결하고, 준비된 신발까지 착용하면, 움직임이 360도 방향으로 완전히 자유롭다. 마치 몸이 메타버스 속에 완전히 들어와버린 것 같은 느낌. 이건... 셀룸에서 쓰던 것과는 차원이 다르다.
 이제 눈 앞에는 기본 메뉴가 떠있다.

　　튜토리얼

운동 모드
휴식 모드
관리자 요청

〈튜토리얼〉을 누르는 기철. 사실, 제일 궁금한건 화장실이다. 슬슬 작은게 마렵기도 해서...
 검색창에 '화장실'을 입력하면, 시작되는 설명. 곧이어 벽면에서 다른 선에 비해 굵은 선이 튀어나온다. 저 선을 가랑이 사이의 지점에 연결시킨 후, 볼일을 보면 된다고 한다. 동면과 관련해서 이 '바이오매스' 처리 선을 연결상태로 두라고 끝맺는 내용. 뭔가 지금 입고있는 캡슐복에 생리적인 부분을 해결하는 기능까지 갖춘 듯 한데, 작동원리가 잘 이해되지 않는다. 결국 이건, 기저귀를 차고 생활하는 거나 다름 없다. 심지어 발생된 모든 분비물이 완벽하게 재활용 된다는 말은 차라리 모르는 편이 나았다.
 일단 급해서 볼일을 보는 기철. 수치심에 얼굴이 빨개질 정돈데, 일을 마친 후 보면 감쪽같은 느낌. 전혀 불쾌하지가 않다. 이럴수가... 한동안 새로 겪은 이 문화적 충격에 빠져 아무 생각을 할 수가 없다.

 다시 돌아온 튜토리얼 모드.
 제시된 선택지의 〈초심자〉를 누르자, 크게 화성과 우주선, 두 선택지가 나타난다. 〈우주선〉을 선택한다.
 우주선에 대한 세부 항목들 중, 〈캡슐〉을 선택한 기철. 이 방에 대한 설명이 필요하다. 앞으로 지내게 될 내 방인데,

뭐가뭔지 감이 안잡힌다.

 곧이어 시작되는 사용 설명.

 탑승 좌석 세팅, 식사 방법, 화장실 사용, 잠잘 때 등, 간단한 시연 영상과 함께 직관적이고 따라하기 쉬운 설명들이 이어진다. 캡슐이 셸룸과 다르지 않다는 사실을 이해한 기철. 전자랜지의 용도가 음식 데우기 하나뿐인 것처럼, 복잡해 보여도 결국 똑같은 방이다.

 캡슐에 관한 인상적인 설명 중 하나는, 중력 조절장치다. 우주 환경으로부터 인간을 보호하기 위한 필수적인 장치. 인간이 지구와 중력이 다른 우주로 나올 경우, 노출 시간이 길어질수록, 생체활동에 문제가 생길 가능성이 기하 급수적으로 증가한다. 대표적 증상은 편두통인데, 이것이 심해질 경우, 잠도 못자고 먹지도 못한 끝에 사망에 이른다고.

 따라서 이 캡슐에서 가장 중요하며 핵심적인 장치는 중력 조절장치이며, 언제나 지구의 중력 수준이 적용된 상태라고 한다. 집 밖의 날씨를 확인할 때 창문을 여는 것처럼, 우주선 밖의 중력을 체크하는 방법도 있다. '해제' 버튼을 누를 경우, 정확히 3분 동안 기능이 멈췄다가 다시 지구 중력 상태로 되돌아간다.

 중력이라니...

 평소엔 너무 당연해서 신경도 쓰지 않는 부분. 인간의 생존을 위해 이 캡슐 안에 인공적으로 만들어 냈다는 얘기다.

 '출발 준비중. 모든 요원께서는 탑승위치에 고정하여 주십시오.'

어려워서 살짝 머리가 아파지려는 찰나, 인공지능의 안내 음성이 들린다.
 붉은 빛으로 점멸하기 시작하는 캡슐 내 조명.
 튜토리얼에서 배운 방식대로 벽면의 탑승버튼을 찾아 누르면, 고정장치가 솟아난다.
 장치에 등을 붙이고, 어깨 부근에 달린 안전 벨트를 당겨 양옆으로 결착시키면, 준비 끝이다.

'10, 9... 2, 1. 발사.'

 진동과 함께 느껴지는 약간의 내리 누르는 힘. 비행기가 이륙할 때와 별 차이가 없는 정도다. 얼마쯤 지나면, 조명이 다시 원래의 따듯한 색으로 돌아온다.

 '안정화 단계. 모든 요원께서는 이제 고정을 해제하셔도 됩니다.'

 저 말은, 지금부터 동면에 들어가기 전까지 자유시간이라는 소리. 제일 먼저 중력 조절장치 해제 버튼부터 눌러보는 기철.
 역시! 무중력 상태인 듯, 몸이 두둥실 떠 오른다.
 투명한 물질로 가득찬 공간을 헤엄치는 느낌. 3분쯤 지나서서히 중력제어가 돌아오면, 다시 바닥에 몸이 닿는다.
 음~ 멋진 기분이다. 하지만, 계속 떠 있게된다면 엄청 당황스러울 것 같다. 이 공간에 상시 중력제어가 된다는 사실에 새삼스럽게 안심이 된다.

 다시 메타글래스의 메뉴화면으로 돌아온 기철.
 〈운동 모드〉를 눌러 종목 선택화면으로 넘어간다. 생각 할 수 있는 거의 모든 운동이 종류별로 구비된 모습.
 〈노젓기〉를 선택하면, 주변 풍경이 조정 경기장으로 바뀐다.
 우선, 거의 현실과 동일한 수준의 아바타 모습이 놀랍다. 잠시 손이며 머리칼을 만져본다. 카누에 타고 앉은 상태로 저절로 조절되는 자세. 손에 들린 노 한쪽을 물에 찔러 넣어 저어보면, 완벽하게 전달되는 생생한 물의 저항감. 그렇게 한동안 노를 저으니, 카누를 타고 운동을 한 것과 완전히 똑같은 상태를 경험한다. 생전 처음으로 카누를 타 본 셈이다. 이 메타글래스에는 한층 더 특별한 기술이 적용된 듯 하다.
 격투기, 스키, 패러글라이딩... 심지어 암벽등반까지. 이 모든것을 캡슐 안에서, 이정도로 실감나게 할 수 있다니. 이건 정말 과학기술이 만든 기적이다!

 〈휴식 모드〉에는 수면을 비롯하여 명상, 요리, 게임과 독서, 영화보기, 글쓰기, 만들기 등의 목록이 보인다.
 〈만들기〉로 넘어가면, 간단한 목공예부터, 복잡한 자동차 조립까지, 백 가지는 되보이는 목록들.
 〈자동차 조립〉을 선택하면, 이번엔 주변이 차고로 바뀌며 자동차의 단계별 조립 설계도와 필요한 부품들이 제시된다. 인공지능 가이드의 설명을 따라 해보는 기철.
 운전은 커녕, 다룰 줄 아는 기계라곤 자전거 정도일뿐인데, 아무 막힘 없이 도구들을 사용해서 자동차를 조립하고 있는 자신이 신기할 뿐이다. 메타글래스의 설명이 너무 쉽고 정확해서 말 그대로 그냥 따라하기만 하면 된다.
 이렇게라면 비행기라도 조립할 각인데?
 중간저장을 누르고 나와서 비행기를 찾아보면,
 이럴수가, 심지어 전투기 조립까지 목록에 있다...

 약간 출출해지기 시작한 기철.
 식사 버튼은 옷 갈아입기 버튼과 같은 곳에 있다. 누르면, 수납장과 마찬가지로 벽면 밖으로 튀어나오는 소형 냉장고만 한 자판기. 몸체 정면에 붙어있는 하나뿐인 버튼을 누르면, 30초가량 지난 후, 아랫부분의 배식구로 보이는 칸에서 용기에 담긴 음식이 스푼과 함께 툭 떨어진다.
 먹어보면 새콤 고소한 맛. 알갱이 형태의 뭔가들도 씹힌다. 이건... 생동성 실험에서 2주간 먹던, 그 맛이다. 사료에 가까운 죽형태의 식사. 배가 고팠는지, 입맛까지 다시면서 한 그릇 잘 먹었다.
 식기를 반납하면, 원래대로 벽면 안으로 사라지는 자판기. 이제 남은 시간을 보낼 거리를 찾아본다.
 〈휴식 모드〉로 들어가 영화를 살펴보는데, 개봉 날짜가 오늘인 영화가 있다. 인도에서 개봉한 영화. 설마, 여기서 지구의 개봉영화를 전부 다 볼 수 있는건가?!

우주선의 상황이 지구로 전송된다던데, 그러면서 이런 엔터테인먼트 꺼리들도 보내주나 보다. 영화를 좋아하는 기철에게는 엄청난 희소식이다. 얼마전까지 기철의 알바라이프 최고의 엔터테인먼트는, 한 달에 두세 번 정도 영화관에 가서 큰 스크린으로 영화를 보는 것이었다.
 영화를 틀면, 한글 자막까지 잘 나온다.
 마치 비행기 기내 서비스 처럼 모든게 쾌적하고 아늑하다. 계속 이렇게 지내는 거라면, 여기서 1년이 아니라 평생을 보낼 수도 있을 것 같은 기철. 생각지도 못한, 파라다이스를 만났다!!
 완전히 행복한 기분에 빠져들어 영화를 보기 시작한다.

'2차 출발지점에 도착했습니다.'

 두 번째 영화가 끝나갈때쯤, 다시 인공지능 안내 멘트가 들린다. 곧이이 눈 잎의 화면이 꺼지며 나타나는 우주 시노의 모습. 현재 우주선의 위치가 보이고, 저 멀리에 목적지인 화성도 보인다.

'잠시 후 동면 모드가 작동됩니다. 모든 요원께서는 탑승위치에 고정 후 수면 모드를 활성화 시켜 주십시오. 목적지 화성까지는 90일이 걸릴 예정입니다. 편안한 여행 되세요.'

 안내 대로 실행하면, 보이던 모든 것들이 어둠으로 사그러들며 완전한 암흑이 찾아온다.

고요한 바다 한 가운데 떠 있는 듯한 느낌. 물론 중력 조절 기능이 있는 이 캡슐이 만들어낸 상태겠지만, 상관없다. 편안하게 점점 잠으로 빠져드는 기철. 두려움 없는 죽음 같은 잠이다...

4장. 도착

"...철씨... 김기철씨."

 뭔가가 뺨을 툭 치는 감각. 어느새 눈이 떠지면, 둥그렇게 생긴 수달 얼굴이 보인다.
 한 참을 멍하니 쳐다보고있는데, 다시 뺨을 툭 치는 손. 정확히 말하면 로봇의 정교한 금속제 손이다. 전혀 아프진 않지만, 몹시 거슬린다.

"뭐야... 왜이... 래요?"

 뭔가에 취한 것처럼, 애를 쓰는데도 말을 제대로 하기가 어렵다. 잔뜩 안개가 낀 흐릿한 머릿 속... 난생 처음 보는 이상한 공간에서, 몸에 온통 선들이 연결된 이상한 옷을 입은 채, 고정창치에 묶여있는 이 상황이 몹시 혼란스럽다.

"화성에 무사히 도착하신 것을 축하드립니다! 건강에 아무런 이상 없으시고요. 앞으로 몇 시간 동안 두통을 동반한 구토가 있을 수 있습니다. 식사 제공기 옆에 두통약을 뒀으니 드시구요. 구토는 식사 제공기 내 용기에다 하셔서, 남긴 식사와 같이 처리하시면 됩니다. 지금 시간은 오전 7시입니다. 다른 요원들도 다 깨어났으니 좀 있다 서로 인사 나누세요. 앞으로 일 주일은 시차적응기간이니까, 캡슐 안에서 지내며 안내 받으시는 대로 잘 따라 주시길 바랍니다.

오늘은 밤 9시까지 깨어있으셔야 해요~"

 말을 쏟아낸 후 문열림 버튼을 눌러 밖으로 사라지는 수달로봇.

 '화성에 무사히 도착하신 걸 축하한다니?... 아니 잠깐만, 화성에 도착했다고?!!'

 순간 모든 기억이 되살아난 기철. 미국으로 날아간지 불과 몇 시간 만에 우주선에 탑승하고 출발했던 것도, 그리고 저 수달같이 생긴 로봇의 이름이 마크라는 것까지 전부 다. 정신이 번쩍 든다.

 일단 지끈거리는 두통부터 어떻게 해야겠다. 몇번의 실패 끝에 안전벨트를 겨우 풀어낸 기철. 후들거리는 다리를 억지로 움직여 두통약 쪽으로 다가가, 입에 털어넣고 씹는다. 자고 일어났더니 90일이 지난 것이다.

 변함없이 아늑한 조명이 감도는 쾌적한 캡슐 내부. 사방 2.5m의 옷장같은 공간 그대로다. 거울이 없어서 모습을 확인할 수 없지만, 손으로 얼굴을 만져보면, 수염도 별로 자라지 않았다. 미국행 비행기를 타기 전, 면도했던 그 상태 그대로다.

 '이건 일시정지 수준인데?...'

 목 부위에 매달려있는 메타글래스가 눈에 들어온다. 마크가 깨우면서 벗겨낸 것 같다. 두통 때문에 물 한 모금 마실 엄두조차 나지 않는 상태. 약이 효과를 발휘할 때 까지, 뭐라도 하고 있어야겠다.

 메타글래스를 쓰는 기철. 눈 앞에 선 연결을 마치라는 경고표시가 떠있다.

근처에서 덜렁대던 연결 선을 찾아 메타글래스에 연결을 마치면, 화면 한쪽에 〈시차적응기간 안내〉 표시가 번쩍인다.

 누르면 시작되는 인공지능 안내 멘트. 화성의 환경에 적응하기위한 프로그램으로, 앞으로 1주일간 모든 요원들의 의무적 참여를 요하는 신체 적응훈련 프로그램이 진행된다고 한다.

 곧이어 눈 앞에 제목처럼 나타났다가 사라지는 〈가벼운 걷기 : 1시간〉 표시. 시야가 순간 화창한 날씨의 야외 육상트랙으로 변한다. 설명을 마치자마자 곧바로 일정이 시작돼 버렸다... 의무적 참여라더니, 이건 뭐, 잠이 덜 깬 상태로 운동장에 내던져진 꼴이다.

 다섯 명의 참가자들이 한쪽에 다 모여있다. 비틀걸음으로 합류하는 기철. 일행을 바라보면, 우주복을 입고 본인 각자의 얼굴을 한 아바타. 하나같이 피죽도 못먹은 헬쑥한 표정들이다. 기철이 그렇듯, 배가 고프진 않을것이다.

 화성에 도착한 후 이렇게 메타글래스의 프로그램 안에서 만난건, 생각할수록 당연한 일. 공간제약을 넘어 인간 활동을 확장시켜주는 기기인 메타글래스를 이런 상황에서 안 쓴다면 그게 이상한거다. 기철은 이미 메타글래스 헤비 유저지만, 다른 참가자들은 어떨지 모르겠다.

 "더 자게 좀 내버려 두지... 이 상태로 도대체 열 몇시간을 어떻게 깨어있으란 말인데~"

 리사가 잠이 덜 깬 목소리를 낸다. 더이상 통역기는 필요

없다. 인공지능이 각자 설정한 대로 알아서 번역해준다.
 "우리 할머니가 그러셨는데, 시차적응 할 때는 밖에 돌아다니면서 잠을 안자는게 좋데. 난 좀 걸어야겠어. 잠좀 깨게."
 말하며 비틀비틀 트랙을 따라 걷기 시작하는 세이코. 일행이 뒤따라 다 함께 걸어간다. 다들 멍 한채 눈에 보이는 걸 그냥 따라하는 상황이다.
 "화성에 왔는데, 배경을 화성으로 해야 하는 거 아니야?"
 반쯤 정신이 나간듯, 어긋난 목소리로 말하는 뤽.
 누가 했는지는 몰라도, 곧이어 배경이 온통 붉은 빛깔의 황무지 풍경으로 변한다. 이것이 우주선 밖, 화성의 모습인건가?... 배경을 바꿀 수 있다는 걸 다들 알고있었지만, 손가락 하나 까딱 하고싶지 않은 일행. 이제 붉은 흙바닥을 무작정 걸어간다.
 태양은 지구에서 보던 것 보다 더 작고, 걸어가는 느낌이...
 "뭔가가 좀 이상하지 않아?"
 파티마가 놀란듯, 눈을 크게 뜨고 말한다.
 "걸을 때 약간 공중에 뜰 것 같은 느낌말야."
 "맞아 나도 느꼈어."
 리사가 맞장구를 친다. 다들 팔다리를 돌려보는 일행. 확실히 가볍다.
 "아무리 지금 우리 몸 상태가 이상하다고 해도, 이건 분명히 프로그램이 잘못된 것 같은데?"
 한 마디 하는 기철. 메타글래스 헤비 유저의 확신이 담긴 목소리다.
"신체 적응훈련 프로그램에는 화성의 중력값이 적용되었습니다."
그들 사이에 마크가 '뿅' 나타났다.
"뭐야, 설마 우릴 지켜보고 있던 거야?"
짜증을 내는 뤽. 이제 조금 제정신으로 돌아온 것 같다.
"물론이죠. 궁금하신 점을 좀더 설명 드리면, 앞으로 7일간, 메타글래스 상에서의 신체 적응훈련은, 여러분의 화성환경 적응이 목적입니다. 화성은 지구 중력의 40% 수준이므로, 지구에서의 체감 중력대비 절반 이하의 수준에 익숙해지셔야 합니다. 이상하게 느끼시는 게 당연합니다. 여러분의 신체리듬이 어느정도 회복되신 걸로 확인되니, 이제 좀 더 난이도가 높은 활동을 하시겠습니다."
아직 30분이 채 지나지 않았는데 다음 단계로 넘어간다. 지루할 뻔 했는데, 다행이다. 마크는 생각보다 센스있는 로봇인 걸까? 아니면 그냥 효율적인 진행의 결과인 걸까?
시간별 해야 할 일들이 적힌 일정표가 눈 앞에 나타난다.
"점심 식사 전까지 캐치볼, 땅파기, 벽돌쌓기, 그리고 닭싸움이 준비되어 있습니다. 닭싸움의 경우, 무리하시면 부상의 염려가 있으니 주의해 주시길 바랍니다. 준비되신 분 부터 다음으로 진행해주세요."
말을 마치고 다시 사라지는 마크.
"땅파기, 벽돌쌓기, ...닭싸움??"
화성에 왔다는 걸 완전히 잊은 채, 일정표를 보는 표정들이 가관이다. 누군가 인간과 인공지능이 한 일을 구분하기는 간단하다고 했다. 눈이 발가락에 가서 달린 것처럼, 과하게 창의적이면 인공지능이 한거라고. 지금 이 일정표의 항목들이 그렇다. 각자 다 따로 노는게, 어디에도 시차 적응과의 연결점을 찾기가 어렵다.

혼자서만 뭔가 알겠다는 듯 고개를 끄덕이고 있는 기철. 낯설지 않은 단어, '닭싸움' 때문이다.

맨몸으로 하는 싸움이라고 해야 하나? 어릴적, 변변한 놀이터도 없는 시골에 살던 기철이 동네 애들과 자주 했던 놀이다. 분명히 한국 전통 놀이인데, 이걸 메타글래스에서 만나게 될 줄이야... 여기서 닭싸움을 아는 사람은 기철 말고는 없을것이다. 그런데, 이 상황을 기뻐해야할지 어쩔지 도저히 판단이 서지 않는다.

"원하는 파트너랑 같이 하는 건 어때? 친해질 겸."

닭싸움을 떠올리던 기철이 말을 꺼낸다. 캐치볼을 하더라도 공 던질 사람과 받을 사람, 둘이 필요하니까. 기철의 말을 듣고 머뭇대던 일행이 고개를 끄덕인다.

"자 눈 감고, 파트너 하고 싶은 상대를 가리키는거야. 눈 뜨면 안돼. 하나, 둘, 셋!"

파티마와 리사가 서로를, 뢱과 로이도 마찬가지고, 기철은 세이코와 짝. 매칭률 100%다.

알바할 때 일 잘하는 것보다 더 필요한게 눈치밥. 상대를 빨리 파악해야 일이 수월해져서이다. 어차피 알바생들이니까 자신의 파트너를 알아보는 촉 정도는 있을 거라고 생각했는데, 귀신같이 서로를 가리키고 있는 손가락. 그런 의미에서 여기 모인 이들은 모두 같은 종족, 알바생들이 확실하다.

 둘씩 짝을 이뤄 선 일행. 각자 일정표의 〈캐치볼〉을 눌러 실행시키면, 한쪽 손에 글러브가 생겨난다. 다음 단계로 나타나는 파트너 선택창. 인공지능에 한 발 앞선 기분에 처음으로 웃음이 난다. 시작이 좋다.

*

 역시 닭싸움은 기철의 설명이 필요한 활동이었다.
 한 발로 깽깽이 짚은 상태에서 접어서 손에 쥔 다른 쪽 발로 상대를 밀치며 하는 놀이. 처음 해보는 사람은 대부분 정신을 못차린다. 한 발로 중심잡고 서 있기도 힘든데, 움직이면서 뭘 하는게 쉽지 않다.
 기철이 직접 한쪽 발을 양반다리로 붙잡고 깽깽거리는 시범을 보이자, 다들 피식 웃으며 따라했다. 하지만 역시 부상자가 나왔다. 세이코가 신나하다가 발목을 접질린 것.
 그래서 예정보다 일찍 오전 프로그램을 끝내고, 다시 우주복을 착용한 후 캡슐 밖으로 나와야 했다.
 문을 연 순간 아찔한 광경. 옆에 수직으로 붙어있던 사다리가 발 아래, 바닥에 깔려 있다. 사다리 꼭대기에서 아래를 내려다 볼 걸 예상했는데... 방향 감각이 뒤섞여 어지러

움을 느낄 정도다.
 밖으로 나오면, 바닥에 세워진 상태인 캡슐. 우주선이 화성에 옆으로 착륙한 것. 캡슐은 우주선의 방향에 따라 각도를 바꿀 수 있나보다. 캡슐들이 주욱 늘어선, 아파트 복도를 연상시키는 모습. 둥근 돔 형의 지붕을 갖춘, 여유로운 느낌마저 드는 우주선 내부 풍경. 이제야 좀 마음에 들기 시작한다.
 관제실 앞으로 모이라고 한 마크. 캡슐들을 지나쳐 걸어가면, 끝나는 지점에 있는 관제실도 캡슐처럼 바닥에 붙어있다. 마크를 앞세워, 다친 세이코와 다함께 이동하는 일행. 의무실은 관제실의 정 반대편, 기철의 캡슐 옆인 우주선 맨 앞머리다.

 캡슐 4개 정도를 합친, 비교적 널찍한 공간. 주변을 빙 두른 선반에 각종 의약품이 구비되어있고, 정 가운데에 수술용 의자 두 개와 의료로봇 두 대가 짝을 맞춰 놓여 있다. 화성 미션 기간동안 발생할지 모를 응급상황을 책임 질 장소라고 소개하는 마크. 머리에 중상을 입은 환자의 개두수술까지도 가능한 수준이라고 한다.
 세이코가 의자에 앉자, 의료로봇이 부상부위를 스캔하는 듯 하더니, 약을 도포 후 발목에 고정형 보호대를 채워준다. 발목 근육이 약간 놀란 정도로, 2~3일간 안정을 취하면 회복된다는 설명. 큰 부상이 아니어서 다행이다.

 점심식사 이후의 일정은 개인 활동이다.

물론 메타글래스로 하는 적응 프로그램의 일부다.
배경부터가 오전과는 다른 실내 배경.
기철은 기본 설정이던 한국의 아파트를 그대로 쓰기로 한다. 다른걸로 바꾸는게 귀찮기도 하고...
메뉴에 집에서 하는 활동 위주의 항목들이 보인다.
독서, 영화감상, 글쓰기가 눈에 들어오는 기철.
저녁식사 전까지 이것들로 시간을 때우면 되겠지... 아직까지는 멍한 기운이 가시지가 않아서 최대한 활동량이 적은 걸 해야겠다.
〈영화감상〉을 누르는 기철. 최신 순으로, 프랑스에서 오늘 개봉한 영화가 보인다. 플레이 버튼을 누르고 흘러가는 영상을 쳐다본다. 한국어 자막이 만족스럽다.

저녁 7시.
점심과 똑같은 저녁식사. 피곤하긴 해도, 이제야 몸 상태가 정상으로 돌아온 것 같다.
식사 후 자기 전까지는 자유시간. 캡슐 안에 있어야 하는 건 변함이 없기에, 자연스럽게 다시 메타글래스를 실행한다. 물론 벽을 바라보며 앉아있을 순 있겠지만, 내 안의 뭔가가 본능적으로 거부한다. 밤 9시까지, 2시간만 더 버티면 자도 된다. 또다시 눈 앞에 기본 메뉴 화면이 나타난다.

   튜토리얼
   운동 모드
   휴식 모드

관리자 요청

 영화나 한 편 더볼까 하다가, 튜토리얼을 누르는 기철. 너무 아는게 없다는 생각이 들어서다. 갑자기 우주선에 탔고, 자고 일어나니 화성에 도착한 것. 뭘 알아볼 겨를이 없었다.
 화성과 우주선, 2개의 선택지. 이번엔 〈화성〉을 선택한다. 화성에대해 기철이 아는 거라곤, 지구에서 멀리 떨어진, 외계 행성이라는 것 뿐이다.

 인공지능 음성으로 시작되는 화성 설명.
 이미지와 인포그래픽 형식으로 제공되어 내용이 쉽게 이해된다. 좀 유치한 것 같아서 기분이 살짝 상할 정도다.

 자전주기, 즉 하루가 지구보다 37분 더 긴, 24시간 37분이다. 자전 축이 기울어져 있어서 지구처럼 사계절이 존재한다. 겨울에 가장 추울 때가 영하 100도 쯤, 여름철 가장 더울 때는 섭씨 20도에 육박한다. 연 평균을 내면 영하 60도 정도다.
 뭐야, 이정도면 충분히 살만 하잖아? 일단은 계속 본다.

 ...중력이 지구의 40%. 대기가 희박해서 기압이 인간 생존에 불가능한 수준으로 낮다. 우주 방사선도 문제다. 이 때문에 요원들은 화성 생활을 방사선 차단 및 기압/중력 조절 장치가 상시 작동하는 캡슐 안에서 해야한다. 캡슐 밖에서

는 무조건 우주복을 착용해야 하고, 외출은 한 번에 최대 3시간을 넘기지 않아야 한다. 외출 복귀 후에는 원칙적으로 항상 3시간 이상, 캡슐 안에서 회복시간을 가져야 한다. 캡슐 밖에서의 하루 최대 허용치는 6시간이다. 이를 넘기면 회복 불가능한 손상이 시작된다...

 이제야 조금 둘러싼 환경을 이해 할 것 같다. 바다 속 잠수함에서 생활하는것처럼, 인간에게 가혹한 화성 생활을 사방 2.5m 크기 캡슐의 보호기능에 의지해야만 생존이 가능한 상황인 거다. 메타글래스는 이런 현실을 도피할 수 있는 완벽한 장치인 셈이고...

 잠시 그대로 눈을 감은 채 심호흡을 하는 기철. 자신이 놓인 상황의 실체를 깨닫게되니, 갑자기 없던 폐쇄공포증이 생겨난 것처럼 숨이 턱 막히는 기분이다.

 튜토리얼을 빠져나와 〈운동 모드〉를 누르는 기철.

 달리기를 선택해 텅 빈 육상 트랙을 뛰기 시작한다. 숨이 턱까지 차오를 정도로 전속력으로 뛰는 기철. 하지만 실제의 몸은 캡슐 안, 메타글래스에 로그인 된 채 서 있을 뿐이다.

*

일주일 후, 오전 8시 30분.

캡슐 문을 열고 기철이 밖으로 나온다.

일어나자마자 첫번째 미션 브리핑을 진행한다는 안내 메시지를 받았다.
 관제실 앞에 다 나와있는 일행. 세이코가 아는척 하며 자기 옆으로 오라고 손짓한다.
 지난 일주일간 서로 제법 친해졌다. 파트너를 정해서 오전 프로그램을 같이 한 게 여러모로 좋았다. 물론 혼자 할 수도 있지만, 시간 때우는 상황에서는 뭔가를 하는 것보다 시간이 빨리 가는게 더 중요하다.

"그럼 브리핑을 시작하겠습니다."
 마크가 예의 밝고 활기찬 음성으로 말한다.
"오늘부터 앞으로 1년간, 여러분은 이곳에 국제우주개발기구의 영구 체류 기지를 건설하시게 됩니다. 저의 지시를 잘 따라만 주신다면, 1년 후에는 기지가 완성됩니다. 완성 직후 화성에서 출발, 다시 3개월간 이동하여 지구로 귀환하시는 일정입니다."
 기지... 건설?! 듣고도 도저히 인정 할 수가 없다. 건설 현장과 생동성 알바의 차이만큼이나, 다들 충격에 할 말을 잊었다.
"...그러니까 이 여섯명이서 기지를 짓는다고요? 그게 우리가 여기서 할 일이에요?"
 기철이 되묻는다.
"여러분들 모두 메타글래스에서 만들기를 해보셨다는 걸 압니다. 그것과 똑같습니다. 가이드 따라서 움직여주기만 하면 끝나는 단순반복 작업일 뿐이죠. 전혀 어렵지 않아요."

"이제와서 중노동을 하라고? 왜 그렇게 숨겼는지 말해 봐."
뤼이 화나는 걸 누르듯 말한다. 알바할 때, 가장 요주의 손님이 보이는 태도다.

"이곳에 도착할 때까지의 변수 때문이죠. 그리고 작업 자체도 현장에서의 변수 때문에 여기 도착하지 않고서는 할 수 있는지 없는지를 알 수 없기 때문입니다. 중요한건, 여러분은 이미 안내받으시고 동의를 마치셨습니다."

그렇다. 다들 위험에 대해 고지받고 우주선에 탑승하기 전에 동의를 마쳤다.

"별 일이 없는 한, 작업은 매일 오전과 오후. 각 3시간씩 6시간 동안 수행하시게 됩니다. 둘 사이의 점심시간과, 작업 마친 후의 저녁시간, 각 3시간씩의 휴식시간이 있구요. 작업 관련해서 하루에 총 12시간을 보내시고, 나머지 12시간 37분은 수면을 포함한 자유시간입니다."

앞으로 1년간. 하루 12시간의 기지 건설작업.

이건 거의 탄광 노역장에 끌려온 것 같은 상황인데... 뭘 어떻게 해야 할지 막막하다.

"자, 준비되셨으면 첫날을 시작하도록 하죠."
아무도 말을 안하자 마크가 다음으로 넘어간다.

"아래층 격납고로 이동하시겠습니다. 작업에 쓸 장비들이 있는 곳입니다. 바닥을 보시면, 노랑색 네모표시된 면적이 엘리베이터 영역입니다. 모두들 노란 선 밖으로 벗어나지 않도록 주의해주세요."

발 아래, 관제실 앞 빈 공간의 대부분이 노란 선 표시영역에 속해있는 모습. 상당히 큰 엘리베이터인 셈이다.
 관제실로 들어가는 마크. 계기반 버튼을 누르자, 동시에 엘리베이터가 아래쪽 방향으로 서서히 움직이기 시작한다. 무덤에 파묻힌 듯한 표정들을 한 채, 바닥 아래로 꺼져들어 가는 일행. 곧이어 아래쪽에 있던 격납고의 모습이 그들 앞에 나타나기 시작한다.

 캡슐 구역의 반대편, 이 우주선의 나머지 절반.
 왼쪽 편으로 각종 중장비들이, 오른쪽 편에는 물류창고 같은 선반구역이 보인다. 금속성 재질이 그대로 노출된 공간을 물건들로 가득 채운 엄청난 광경. 모든 것들은 흔들리지 않도록 와이어에 묶인 채로 바닥에 고정된 상태다.
 엘리베이터가 격납고 바닥에서 완전히 멈추자, 언제 심각했냐는 듯, 신기해하며 흩어져 구경하는 일행. 눈앞에 줄지어 놓인 각각이 중장비들에 번호표시가 붙여져 있다.
 1번부터 4번까지는 발 4개에 작은 삽같이 생긴 2개의 팔이 달린, 거미 형태의 로봇. 조종석 같은 곳이 중앙의 몸통자리에 붙어있다. 5번은 발 4개와 앞쪽에 큰 눈삽같은 도구를 달고 있고, 6번은 궤도바퀴가 달린 네모난 상자같은 차량이다. 그 뒤로 늘어선 총 13기의 중장비들의 모습. 이들의 맨 마지막, 13번째 장비는 무려... 탱크다.
 아니, 왜 저게 여기있지? 진짜 포신이 달린 탱크. 누가봐도 전투가 목적인 장비다. 설마 화성에서 전투를? 누구와? 혹시 외계인이라도 있는건가??...

탱크를 포함한 모든 장비가 바닥에 깔린 레일 위에 올려져 있고, 그 레일은 엘리베이터를 향해 뻗어있다. 이제보니 병참기지같다.

선반 구역에는 건축자재들이 있다.
알파벳 분류기호에 따라 각종 크기별로 차곡차곡 정리되어있는 모습.
쇼핑몰 물류창고에서의 경험을 떠올리는 기철. 이렇게 분류된 섹션을 로봇이 오가며 주문 물품을 꺼내오면, 작업자들이 확인하고 배송으로 향하는 컨베이어 벨트에 올려놓는 일이었다. 기지 건설을 위해 자동화 물류 창고를 갖춘 것이다...
모든 것들이 끝나는 맨 뒷부분은 정비실.
각종 부품과 정교해 보이는 공구 장비들, 그리고 생산용 로봇같아보이는 설비들이 가지런하게 정리돼 있다.
격납고 한 층에 기지 건설에 필요한 모든 채비가 완비된 상황. 입이 떡 벌어질 지경이다.

'곧이어 장비 이동이 있겠습니다. 요원들은 비상등으로 표시된 안전구역으로 잠시 이동해주시기 바랍니다.'

헬멧 안으로 마크의 무전이 들어온다.
보면, 엘리베이터에서 약간 떨어진 쪽 벽면에 초록빛으로 번쩍이는 안전구역의 모습. 여섯 명 전부 들어오면, 번쩍임이 멈춘다.

중장비들 중 앞쪽에 위치한 6기가 차례대로 움직이기 시작하는 모습. 레일 위로 이동하여, 엘리베이터 탑승면 한쪽에 차곡차곡 포개어지듯 정렬을 마친다.

 '장비이동 완료. 요원들은 작업 머신에 탑승해주세요.'

 탑승하라고??
 당황한 일행이 웅성댄다. 화성에서의 기지 건설을 사람이 직접 손으로 한다는 것도 물론 이상할 테지만, 중장비에 타고 일하러 나간단다. 운전면허나 제대로 있을지 모르는 알바생들한테... 당혹스럽지만, 생각해보면 이들은 정식 요원이고, 이건 허가가 떨어진 그들의 임무다.
 가장 먼저 5번, 삽차에 올라타는 뤽. 가장 단순해 보이는 게 가장 편할거라 생각 한 것 같다. 로이가 그 옆의 궤도차량에 올라타면, 나머지 넷의 거미로봇 행이 결정된다.
 어쩐지 만족해 히는 뤽과 로이에 비해, 처음 타보는 중장비 로봇에 공포를 느끼는 나머지 네 명. 모두가 조종석에 자리를 잡자, 쿵! 하는 소리와 함께 선채 하부의 차폐문이 열린다.
 한차례 외부로 빨려나가는 공기의 흐름. 엘리베이터가 화성의 지면을 향해 하강하기 시작하고... 곧이어 주변으로 온통 붉은 빛 풍경이 나타난다. 메타글래스로 봐 온것과는 차원이 다른, 화성이다.

 '역사상 화성에 발을 디딘 첫 번째 인간이 되신 걸 축하드

립니다. 현재 기온은 영하 -14도. 복귀까지 앞으로 2시간 59분 남았습니다.'

 마크의 무전이 끝나며 헬멧 창 위로 네비게이터의 화살표시가 나타난다. 목적지까지 5분이 걸린다고 표시되어있다. 가이드에 따라 장비를 조작해서 이동 하는 일행. 붉은 황무지로 나아간다.

 완전히 다르다.
 화성의 황무지를 이동하며 전해지는 신비로운 감정. 어쩐지 다들 아무 말이 없다. 두려움과 놀라움이 뒤섞인, 경외심을 느끼고 있다.

*

'목적지에 도착하셨습니다.'

인공지능의 안내 멘트가 헬멧 안에 울린다.
 주변은 여전히 평평한 황무지 한 복판. 온 길을 돌아보면, 1km 쯤 떨어진 지점에 납작하게 업드린 우주선의 모습이 보인다. 중장비를 타고 있어서인지 중력의 차이는 별로 못 느꼈다.

'이 지점은, 지구 귀환시의 발사때의 영향을 고려한 작업 위치입니다. 모두들 작업 영역을 확인 바랍니다.'

 마크의 무전이 들어온다. 헬멧창 한쪽에 보이는 〈작업 영역〉버튼을 누르자, 눈 앞의 땅 표면에 초록빛으로 영역표시가 나타난다.
 〈1단계 작업-1 : 가로세로 50m, 깊이 1m 공간 굴착〉이라는 설명이 표시면 아래 달려있다.

 '1번부터 4번까지, 착굴기 탑승자는 〈착굴 모드〉로 가이드를 따라 작업 구역의 땅을 파시면 됩니다. 5번, 운반차 탑승자는 파낸 토양을 모아 6번, 브릭 생성기로 나릅니다. 6번 기기는 작동법에 따라, 토양을 벽돌로 만드는 작업을 수행 합니다. 모든 작업 관련 사항은 인공지능에게 묻거나, 각자의 헬멧 화면에 표시된 가이드를 참고하시면 됩니다.'

 본격적인 작업 설명.
 신체 적응훈련 때 땅파기를 했던 것과, 지금 기철이 타고 있는 거미로봇의 팔 2개에 포크레인 삽 같은게 달려있는데는 다 이유가 있었다. 거대한 규모의 땅파기 작업을 해야 하는 것. 땅을 파낸 지하에다 기지를 짓는 것이다.
 이런 대 공사를 여섯명이서 하라고? 이젠 조금도 당황되거나 공포스럽지가 않다. 화가 난다.

완전히 적응했다.

'작업을 할 때 목표량이 정해져 있습니다. 따라서 작업을 이끌 팀 리더가 필요한데, 김기철씨가 그 역할을 맡겠습니다. 요원들이 아무것도 안하거나, 작업장을 이탈하지 않도록 관리하는 일 입니다.'
"내가요? 왜요?"
'지난 일주일간 프로그램 수행 능력이나, 팀원들과의 협업 면에서 가장 뛰어나셨습니다.'
 중간 관리자를 부릴 생각도 척척하고, 거기에 칭찬까지... 알바 가게의 사장은 로봇이나 다름 없는 존재이니 새로울 건 없지만, 로봇 사장은 처음이다. 좋아해야 할지 말아야 할지 헷갈리는 상황. 일단은 조종간 창 너머로 일행이 전부 자신을 바라봐주는 기분은 어딘지 으쓱하다.
 여섯 대의 로봇에 탑승한 알바생들의 땅파기라... 게임이 현실이 된 것 같은, 초현실적 상황의 시작점에 서 있다.

'그럼 행운을 빕니다.'

 무전이 끝나고, 다시 침묵.
 건설현장 알바는 쓰레기 정리나 로봇 지키기 등, 수동적인 일이다. 땅파기를 해보고 싶었다면, 직접 삽을 사서 알아서 하는 방법밖엔 없었을 터. 맨땅을 파는 일은 다들 처음일 거다. 그런데 지금, 대형 토목공사 수준의 땅파기를 눈 앞에 두고있다.

"우리 여기 놀러온거 아니죠? 알바 첫날이라 생각하고 열심히 합시다. 화이팅!"

먼저 솔선수범을 보이기로 한 기철. 일부러 밝은 목소리로 시작을 알린다. 일로 모였으니까, 일하면 된다. 1년 3개월 후의 알바비를 생각하며.

〈작업 가이드〉버튼을 누르자, 눈앞에 재현되는 짧막한 설명 영상.

양 손에 쥔 조종간을 움직여 굴착면에 닿게 한 후, 버튼을 누르면 로봇 팔이 땅을 알아서 파헤치는 방식. 이후엔 조종간을 잡은 채 방향과 거리를 약간씩 고쳐주면 될 정도의 일이다. 다른 작업자와의 간격은 자동으로 조정된다고 한다.

이건 뭐, 내 자리에 어린애가 앉아 있어도 충분히 할 수 있는 수준이다. 주변을 휙 둘러보는 기철. 굳이 말하지 않아도 이미 알아서들 작업 중이다. 이띤 상황에 던져놔도 자기 몫은 해내야 하는 알바생 아니랄까봐.

쓴웃음을 짓는 기철. 어디, 땅파기를 시작해 볼까...

점심 시간은 총 3시간의 개인 휴식.

각자의 캡슐로 돌아와 식사 후 낮잠을 잔다. 화성의 우주 방사선과 중력이 인간에게 미치는 영향 때문이다.

인간을 구성하는 모든 생체 조직은 지구의 중력에 맞춰져 있기 때문에, 중력의 급격한 차이가 일정시간 이상 지속될 경우 변형이 시작된다고 한다. 대표적인 게 근력 손실. 중력이 줄어들면, 근력도 줄어든다.

우주 방사능이 미치는 영향은 더욱 직접적이고 치명적이다. 그렇기에 하루 6시간 이상의 우주선 밖 작업은 허용되지 않고, 외출 복귀 후엔 캡슐 안에서의 생체리듬 회복을 위한 시간이 필요하다.

밖에는 빠른 죽음이 기다리고, 안에서는 천천히 죽어가는 삶. 방사선 차폐기능과, 중력 제어장치에 의존하는 삶. 이렇게 바라보면, 화성은 죽음의 별이다.

오후 작업 시작.

오전과 동일한 방식인데, 장비를 다른걸로 바꿔서 타라고 한다. 만일의 경우에 대비해 모두가 모두의 역할을 수행 할 수 있어야 한다는 이유다. 마찬가지로 팀 리더도 돌아가며 한다고 했을때, 기철은 속으로 만세를 불렀다. 같은 돈을 받고 남보다 뭔가를 더 해야하는 상황은, 도무지 성미에 안 맞는다.

오전에 로이가 탔던 브릭 생성기를 탄 기철. 완전히 심심함 그 자체. 중력 편두통에 휩싸이기 딱 좋다. 가위바위보에 이겨서 좋아하면서 탔는데... 계속 뭔가를 해야하는 착굴기가 나왔다.

운반차를 탄 세이코가 모아온 흙을 가져오면, 받아서 용해로를 돌려 녹인다. 5분 정도 지나면, 네모난 벽돌 덩어리가 되어 땅 위로 떨어진다. 이 벽돌은 건축자재로 사용된다. 기지의 바닥, 벽, 기둥에 사용되는데, 열 효율이 높고, 튼튼

하다고 한다.

 흙을 가지러 간 운반차가 돌아올때까지 기철이 할 일은 두 가지. 마크가 보낸 통신을 전달하는 것과 모래폭풍에 대비하는 것이다.

 모래폭풍이 일상적인 화성. 인공지능이 3단계로 분류해서 안내해 준다.

 레벨 1은 일상적 수준. 레벨 2는 주의를 요하는 수준. 마지막 레벨 3은 폭풍 수준이다. 모래폭풍 레벨 3이 될 때, 10분 내로 반드시 우주선에 복귀하라는 안내가 모든 장비들에 앉는 순간 맨 처음 듣게되는 안전 멘트다.

 화성 궤도상의 관측위성이 보내오는 날씨 정보 수신 주기는 30분. 만약 그 사이, 폭풍이 작업장 근처에서 갑자기 생겨난다면?

 화성은 대기가 거의 없어서 풍압도 없다.

 오즈의 마법사에서 처럼 폭풍 속으로 빨려올라가지는 않는 대신, 엄청나 속도로 회오리치는 모래폭풍에 갇혀 방향을 잃는다고 한다. 바다에서 조난 당하는 것처럼.

 화성의 폭풍은 한번 시작되면 하루 이상 지속되는 경우가 많다. 폭풍 속에서 길을 잃은 채 하루 이상 우주 방사선에 노출되는 건, 인간에게 돌이킬 수 없는 악영향을 초래한다. 그렇기에 정보 수신이 끊기는 그 30분 사이, 가까운 곳에서 레벨 3짜리 폭풍이 일어나지 않기를 바랄 뿐이다.

 오전 처럼 느리게 흘러가는 오후 작업.

 일정한 동작의 무한반복이다. 브릭 생성기도 그렇고, 작업

장비들은 최첨단 소형 핵추진체를 동력원으로 사용중이다. 별도의 충전 없이 이렇게 7년간, 매일 작업을 해도 된다고 한다.

 하늘에 보이는 40% 크기의 해가 저물기 시작하면, 어느덧 작업이 끝나는 시간. 그들은 목표량을 아슬아슬하게 달성했다. 뤼, 로이, 파티마, 리사가 4기의 착굴기로 각자 3m 가량의 범위를 파냈고, 작업 지대에서 10m 떨어진 곳의 브릭 생성기 주변에는 세이코가 열심히 옮겨나른 흙이 벽돌이 되어 쌓여있다.
 우주선으로 복귀하는 일행. 첫 작업을 무사히 마친다.

*

 캡슐에 돌아온 기철.
 생각보다 별로 힘들지도, 피곤하지도 않은 상태. 지루하다는 것 정도가 다다. 게다가 왠지 기분도 좋다.
 그 대단하신 분들이 일개 알바생들을 이런 중대한 일에 뽑았는지 이해가 가는 부분이 있다. 우리에게 지루함은 그동안의 알바 생활로 충분히 익숙하고, 능숙하게 다룰 수 있는 친구다.
 인내심과 체력을 써서 지루함을 살아가던 쥐같은 인생들인데, 화성에서 이러고 있으니 똑같은 그 지루함이 완전히 다르게 느껴진다. 인내심과 체력만 필요한 세상에 와있는 것. 진정한 그들만의 세상이다.

캡슐복으로 갈아입고 먼저 밥부터 먹는다. 똑같은, 새콤담백 죽과 알갱이들. 그러고 나면, 3시간의 작업 후 휴식시간을 포함해서 취침 지정 시간인 24시 전까진 자유시간이다.

메타글래스를 끼는 기철. 선을 연결하고 로그인.
메뉴 화면이 나타나면, 초청장 모양의 〈초대〉버튼이 한쪽에서 번쩍이고 있다. 연결상태인 다른 누가 초대했을 때, 알림표시가 번쩍거린다. 보나마나 혼자서 뭘 하기 싫은 누군가가 일행을 불러모으는 짓일거다.
버튼을 누르자, 광활한 바다가 펼쳐진 해변가가 사방으로 펼쳐진다. 배경을 바꿔놨다. 이제 매일 붉은 황무지 속에서 작업을 하게 될테니, 다른 배경으로 바꾼거다.
누가 설정을 했는진 몰라도, 중력 체감 수준도 지구로 돌아왔고, 바람에 실린 바다 내음까지... 너무 생생해서 감탄이 절로 나온다.
이 프로그램을 상용화하면 진짜 대박 날 텐데, 국제우주개발기구에서 안할 것 같다. 이런걸 보면 진짜 좋은 건 쉽게 접할 수 있는게 아니다. 어딘가 숨어있는, 접하기 어려운 것들이다.

신체 적응훈련 때처럼 한쪽에 모여있는 일행. 역시나 다들 지루하다는 표정을 하고 있다.
"앞으로 매일 오늘같은 일과가 반복될 텐데, 무슨 대책을 세워야 할 것 같아서 불렀어."
 나타난 기철에게 파티마가 말한다.
 "다들 개인주의 라는 건 잘 알겠는데, 이제는 우리가 좀더 친해져야 할 필요가 있는 것 같아. 하루 6시간을 말없이 땅만 파다가는 정신병 걸릴지도 몰라."
 다들 고개를 끄덕이는 일행. 파티마가 먼저 모래사장에 앉으면, 그 주위로 원을 그리며 일행이 둘러 앉는다.
 멋진 해변가 모임이다.

"각자 자기 얘기를 한가지씩 하는게 어때?"
 기철의 왼쪽에 앉은 세이코가 말한다.
 "내가 먼저 할게. 끝나고 오른쪽 방향으로 돌아가며 말하기. 다음은 너야."
 기철을 흘깃 보며 눈을 찡긋 한다. 지난 일주일간의 파트너. 파김치처럼 축 처진 상태여서 별 다른 이야기를 나누진 않았지만, 나름 친해졌다. 오늘도 작업을 같이 한 셈이고,
 "난 17살때까지 오사카에서 할머니랑 살았어. 그리곤 혼자 도쿄로 와서 하라주쿠에서 지냈고. 다들 그렇겠지만, 안해본 알바가 없어. 월세 내려고 언제나 두세가지 알바를 겹쳐서 하고, 그러다 운좋게 이 기회를 만난거고... 내 꿈은 진짜 폼나게 사는거야. 여기서 살아서 돌아가는 그날이 꿈이 이뤄지는 날인 거지."
 도쿄 하라주쿠라... 처음에 봤을 때의 옷차림이 애니메이션 주인공 같았던 이유가 그 동네 분위기 때문이었나?
 다들 저마다 상상속의 도쿄를 떠올리는 듯한 분위기가 된

다.
 말을 마친 세이코가 기철에게 고개짓으로 하라는 신호를 준다.
 "내 얘기라... 글쎄, 난 서울에서 쥐처럼 산 얘기 밖엔 할게 없어서. 그냥 여기 일 끝나고 돈 받으면, 수영장 딸린 집을 사려고 해. 내 평생의 소원이 셸룸을 벗어나는 거거든. 그땐 너네들 다 초대할게. 우리 집에서 풀파티 한 번 하자. 다들 선물 사오는 거 잊지 말고~ 비싼걸로."
 기철의 말이 끝나자 다들 박수를 친다. 뭐, 수영장 딸린 집에서 얘네들하고 풀파티하는 건 지금도 가능하겠지만, 메타글래스와 현실은 완전히 다르다. 오늘 직접 화성에서 겪은 하루가 그걸 증명한다.

 "음, 돌아가면 하노이에서 커피가게 할 거란 얘긴 했고..."
 로이가 머리를 긁적이며 할 얘길 고른다.
 "그냥 난 잘 하는 것도 없고, 하고싶은 깃도 별로 없어. 돌아가면 우리 동네에서 맛있는 거 사먹을 돈하고 비를 피할 지붕만 있으면 족해. 지금 여기선 메타글래스란것도 너무 신기하고, 모든게 만족이야. 앞으로 받을 돈을 어떻게 쓸지나 생각하면서 시간을 보내려고."
 일을 잘 마치고 돈까지 다 받은 것처럼 속편한 웃음을 지어보이는 로이. 저 편안함이 부럽기까지 하다.

 "말했다시피 난 파리 길거리 출신이야. 내 자신만 믿지. 내 촉에 이곳에서 앞으로 뭔가 엄청난 위기가 도사리고 있는

게 느껴져. 내 촉은 절대로 틀린적이 없거든?"
 정색하며 말하는 뤽. 계절이 한여름에서 한겨울로 바뀐듯한, 로이와의 극대비에 웃음이 날 지경이다. 저런데 둘이 친하다니... 불가사의한 일이다.
 "무슨 일이 생기면 어쩔건데? 여긴 화성이고, 우리는 캡슐 밖에서 3시간 있으면 다시 들어와야 하는데. 특별한 방법이라도 있어?"
 기철이 묻는다. 다른 일행도 마찬가지. 다들 뭔가 찜찜한 의혹을 갖고 있지만, 방법은 없다. 우주선 밖은 화성의 중력과 우주 방사선이 내리쬐는 생존 불가의 공간이니까.
 "지금의 이 환경에서 안전하다고 마음을 놓으면 안된다고. 위기가 닥칠 때 가장 먼저 죽는 건, 시스템에 모든 걸 의지하는 쪽이니까. 탈출구를 잘 찾아둬. 우리 힘으로 되돌아 갈 방법들을 찾아보고. 내가 하고싶은 얘기는 그것 뿐이야."
 진지한 뤽의 말에 갑자기 싸해진 분위기. 사실 지금 뤽이 건드리고있는 지점은 여기 화성에서의 상황 뿐만이 아니다. 언제나 시스템의 가장 밑바닥에 있던 이들의 처지 그 자체다. 다들 씁쓸한 표정을 지울 수가 없다.

 "주위에 암흑이 가득할 때, 비로소 신이 돕는다."
 파티마가 경건한 목소리로 말한다.
 "내 조국의 정신적 스승, 간디께서 하신 말씀이지. 우리는 신께서 도와주실거야. 신은 인간이 가장 약하고 무력한 위치에 내던져질수록 손을 내밀어 주신다고 하니까. 그런 의미에서 마음의 근심을 다스리는 명상법을 하나 알려줄게."
 주문같은 문구와 함께 호흡하는 방법을 설명하는 파티마. 그대로 따라해보면, 생각지도 못한 명상에 빠져든다. 몽롱하면서도 치유되는 듯한 엄청난 상태. 메타글래스의 인공지능 가이드가 하는 명상 프로그램에 비할바가 아니다.

 "화산 폭발로 가족을 잃었어."
 리사가 한참만에 입을 연다. 시선이 불안하게 오락가락하는 모습. 남에게 자기 얘기를 안하고 산 티가 역력하다.
 "하필이면 집에서 쫓겨난 날. 바닷가에서 잠들었던 나 혼자만 살아남았지. 그때까지 내가 고아라고 생각하며 살았었는데, 진짜 고아가 되버린거지... 호놀룰루로 넘어와서 호텔 청소부터 했어. 인간은 닥치면 뭐든지 한다는 사실을 깨달았지. 나이트클럽 청소로 옮긴 후에는 인정받아서 매니저도 해 봤고. 그래두 해 뜰때 깨어있는게 좋아서 도로 낮 일로 바꿨지. 이 기회가 나에게 온 건 신의 뜻이라고 생각해. 돌아가면 나처럼 갈곳없는 아이들이 일할 수 있는 식당을 차리고 싶어."
 리사의 눈에 눈물이 맺혀있다. 일행 중에서 가장 여리지만, 가장 고생을 많이 한 듯 싶다. 어쩐지 센척 하는데는 이유가 있었다. 여린 마음을 들키기 싫어서였던 것이다.

 "한바퀴 다 돌았네. 어때, 서먹한게 좀 풀리지?"
 파티마의 말에 다들 고개를 끄덕인다.

"내일부턴 궁금한거든, 자기 알바하던 얘기든, 좀 얘기를 하면서 일 하자. 알겠지? 그럼 남은 저녁시간 잘 보내~"
"잠깐만. 아직 한명 더 있잖아."
막 로그아웃 하려는 파티마를 막아서는 리사의 말. 손가락으로 머리 위 허공을 가리키고 있다.
"마크."
동시에 이름을 외치는 일행. 그러자 곧바로 마크의 아바타가 그들 한 복판에 나타난다.

"제 자리는요?"
마크의 첫 마디. 미쳐 생각하지 못했다. 조금씩 간격을 벌리는 일행. 기철과 로이의 사이로 마크가 들어와 앉는다.

"현재 화성은 계절상 봄입니다. 1년 후 돌아갈 때는 화성의 가을이 시작되는 시기구요. 화성의 공전 주기는 2년이니까, 지구에서의 한 계절이 이곳에서는 6개월정도 지속되는 셈이죠. 앞으로 1년간 여러분의 안전을 책임지고, 지구로의 무사귀환에 만전을 기하겠습니다!"
트레이드 마크인 밝은 톤으로 이야기를 마친 후, 수달의 얼굴로 꾸벅 인사하는 마크. 감정적 이질감이 든달까? 저 힘차고 밝은 톤의 목소리를 이런 친목도모의 자리에서 들으니 소름이 끼친다. 분위기를 파악하는 감정기능 업그레이드가 필요하다.

"미션의 실패와 인간의 목숨 중, 넌 어떤걸 선택할거야?"
파티마가 묻는다. 정곡을 찌르는 질문. 일행의 시선이 마크의 얼굴로 모인다.
"어려운 질문입니다. 이렇게 말씀 드려보죠. 배가 침몰하는데, 여섯 명 중 한 명이 내리면, 나머지 다섯 명이 살 수 있습니다. 이때, 여러분은 어떤 결정을 내리실 건가요?"
침묵에 빠진 일행. 이중 누구도 죽고싶진 않다. 다른 사람도 아닌, 알바생들이라면 더더욱. 가늘고 길게 사는게 지상목표인 알바형 인간은, 생사가 걸린 상황에 처할 경우, 남을 희생시키지 자신이 희생하지 않는다.
"그 일을 판단하고 실행하는 것 까지가 저의 역할입니다."
마치 누구 한 명이 희생당한 듯한 분위기 속, 마크가 말을 이어간다.
"그런 상황에서의 심판 정도로 생각해주세요. 잘 아시다시피 인공지능의 연산능력은 인간을 월등히 초월합니다. 떠나는 한 명에 대한 경우의 수 또한, 생존이 가능한 수준으로 보내드리니까요, 모든 건 전부 예상수치 안에 있습니다. 예외적인, 불가능한 상황까지 포함해서요."

*

〈수면 모드〉를 누르는 기철. 캡슐복에 연결된 선들이 조절

되며 비스듬히 드러 누운 자세가 된다.
 '오늘은 어디서 잠을 자볼까...'
 설정에 따라 원하는 나라의 표준형 침실에서 잠들 수 있다. 서울의 소형 아파트가 있고, 각 참가자들의 나라를 대표하는 주거지가 모두 구비되어있다. 아무것도 선택하지 않을경우, 깊은 바다 같은 공간에 둘러싸인 채로 잠들 수 있는 데, 이것 또한 나쁘지 않다.
 첫 작업을 마친 오늘은 역시 좀 무리가 됐었는지, 신경이 약간 곤두선 듯한 느낌. 아무래도 우주선 밖으로 나선게 처음이라, 무의식중에 몸이 긴장을 했나보다.
 〈선택 안함〉을 누르는 기철. 그러자 주위로 검푸른 기운이 휩싸이며 몸이 공중에 두둥실 뜬 상태가 된다.
 어둠 속. 말짱한 채로 눈을 뜨고있는 기철.
 메뉴를 눌러 눈 앞에 달력을 띄운다.
 화성에 도착한 직후 시작한 날짜 카운트. 8을 쓴 후, X표시를 친다. 오늘까지 8개의 X표시가 된 모습. 1년까지 앞으로 357일 남았다.
 어쩐지 꿈을 꾸는 것처럼 흐릿하게 흘러가는 시간들. 화성에 존재하는 현실은, 중력의 영향 최소화가 목적인 루틴으로 철저히 통제된 생활과, 메타글래스 속 말초신경을 자극하는 감각적인 생활의 사이에서 길을 잃은 듯하다. 정신을 바짝 차리지 않으면, 영영 못돌아올 우주미아가 될 듯한 느낌. 과연 내가 앞으로 남은 357일간의 시간을 잘 지낼 수 있을까?...
 조용히 일정한 간격으로 파도치듯 넘실대는 물살의 흐름.

어느새 점점 긴장이 녹아내리듯 풀어지더니, 아늑한 기운의 잠이 밀려든다. 화성에서 맞이하는 여덟 번째의 잠이다.

5장. 랑데부

"자 오늘도 다들 화이팅하자!"

 오전 9시 15분. 헬멧 안에 울리는 세이코의 외침.
 다들 맥아리없는 대답을 송신한다.
 작업시작 150일째. 요원들의 눈 앞에는 이제, 화성 표면 10m 아래의 공간이 펼쳐져있다.
 지난 5개월간 매일 똑같은 일을 반복해온 이들. 화성이고 뭐고 다들 완전히 질렸다.
 이번 달 까지는 세이코가 팀 리더다. 작업하는게 자리잡은 후 매달 작업을 관리하는 리더를 돌아가며 하고있다. 일단 팀 리더가 된 사람 만큼은 힘을 내게 된다는 것도 신기한 노릇이다. 주로 조는 걸 깨우는 역할을 하지만 말이다.

 기철의 헬멧창 한쪽에 '영상 8도'가 찍혀있다.
 화성은 이제 계절상 여름에 접어들었다. 오전 9시가 이정도이고, 태양이 한 가운데 위치한 점심 무렵, 볕이 가장 셀 때는 평균 20도를 찍는다. 물론 우주복을 입은 상태에서 느끼는 체감 온도는 항상 16도 정도로 일정하게 유지된다.

 기지건설 1단계의 완성치에 도달한 작업.
 사방 50m를 10m 깊이까지 다 파냈다. 레인의 길이가 50m인 올림픽 규격 수영장 정도 넓이의 땅 속 공간이 완성됐다.
 지금까지의 작업 내용을 정리해보면,

첫 1m 깊이를 가로세로 50m 면적으로 파내는 굴착 작업에 꼬박 30일이 걸렸다.
 다음 2m 깊이때는 25일이 걸렸다. 그다음 3m 때에도 작업기간을 단축해서, 마지막 10m 구간은 시작 10일 째인 오늘, 작업이 끝날 예정이다.
 기철을 포함한 6명의 요원들에게 이 일은, 건설 작업이라기 보다 게임에 가깝다. 헬멧창의 가이드를 타이밍에 맞춰 따라하는 게임. 땅파기에서 가장 까다로운, 땅 속 단단한 암반을 부수는 작업도 가이드에서 시키는 대로 게임처럼 할 뿐이다.
 오늘이 있기까지 7번, 8번째 장비, 불도저 머신의 역할이 컸다. 착굴기보다 4배는 더 땅파기를 해냈다. 이에 맞춰 흙을 수거하는 9번째 장비 역시 4배 늘어난 수거력을 보여줬다. 이정도면 도구의 승리다.
 또한 1m 지점 이후, 벽면 한쪽 끝에 우주선 격납고와 동일한 형태의 엘리베이터를 설치해서 장비 이동에 막힘이없었던 것도 한 몫 했다.

 1단계 작업의 끝인 오늘 오전은, 마무리 작업이다.
 먼저 바닥면을 수평에 맞춰 평평하게 다진다.
 그 다음, 설계도면을 참조하며 일정한 간격으로 기둥을 세울 구멍들을 파낸다.
 끝으로 정 중앙에 사방 50cm의 구덩이를 파고, 작은 냉장고 크기의 컨테이너를 묻는다. 통신 중계기라고 한다.
중계기에 연결된 통신선을 흔들리지 않도록 고정시켜 지

표면 위로 끌어 내 놓으면, 정확히 오전 작업이 끝나는 12시 정각. 마침내 5개월 간의 1단계 작업이 모두 끝났다!

*

'타세요.'

 헬멧창 안으로 들리는 마크의 무전.
 일행 앞에 여섯 개의 바퀴가 달린, 지붕없는 트럭이 있다. 격납고에 있던 10번째 장비. 조종석 부터가 보트에 붙어있는 것의 형태여서, 바지선 같아 보인다.
 뒷부분에 못보던 장비와 건축 재료들이 한가득 실린 모습이, 기지건설 2단계 작업의 시작을 알리고 있다.
"오후 작업이 뭔지 아직 말을 안해준 것 같은데?"
 물건들 중에서도 가장 큰, 거대한 전선더미를 툭툭 두드리며 뤽이 묻는다.

'좀 특별한 일을 하게됩니다. 작업장에 도착하면 말씀드릴게요.'

뭐길레 비밀로 해야 할 일인거지?
 지금까지 마크는 특별하다는 표현을 새로운 작업이거나,

새 장비를 사용할 때 썼다. 특별한 선물로 늘 노트와 필기구를 받아온 학생처럼, 기대는 커녕 귀찮기만 할 뿐이다.
 여섯 명 전부 트럭 위에 올라타면, 우주선 외부로 하강을 시작하는 엘리베이터. 여름을 맞아 한층 더 붉어진 화성의 대지가 펼쳐진다.

 2분도 안돼서 작업장에 도착한 일행. 여태 중장비 로봇을 타고 5분 걸려 오던 1km를, 트럭으로 달려왔다. 만족스러운 표정이 모두의 얼굴에 드러나 있다. 별것도 아닌 일에 이렇게 좋아하게되다니... 이 생활에 완전히 적응 했다는 또 다른 증거다.

 '자 이제 여러분 중 두 명의 지원자가 필요합니다. 이 트럭을 타고 여기서 좀 떨어진 장소까지 가야하는 일 입니다.'

 "가면 뭐가 있는데? 설마 거기에 기지를 한 개 더 짓는건 아니지?"
 비꼬듯이 묻는 뤽. 하지만 묘한 긴장감이 서려있다. 다른 데 가서 똑같이 땅을 또 파라고 해도 안할 수는 없다는 걸 잘 안다.

 '근처에 기지를 짓고있는 두 나라가 더 있습니다. 우리와 똑같이 통신 라인을 갖고 나올거구요. 그들과 만나서 통신 라인을 연결하게 됩니다.'

여기서 두 나라나 더 이짓을 하고있다고??
 일행의 머릿속에 중국과 러시아가 떠오른다. 화성에 기지를 건설할 두 나라 라면, 그 둘 뿐이다.
 격납고의 13번째 장비를 떠올리는 기철. 어쩌면 그들과의 전투상황을 대비한 장비일지도 모른다...
 고작해야 알바생이던 스무살들이 경쟁 국가의 최정예 우주 요원들과 만나게 될 상황.
 사실 이들은 뭐, 별 생각 없다. 하지만 우주에서 펼쳐지는 외교 행사 자리에 국가 대표로 알바생을 내보낸 격이라, 상대가 그걸 어떻게 받아들일지는 알 수 없는 노릇이다. 게다가 이곳은 사고로 죽는다고 해도 전혀 이상할게 없는 완벽한 무법지대, 화성이니까...

 '안나오시면, 제가 직접 지정할 수 밖에 없습니다. 지금까지 작업량 기준으로 판단할겁니다.'

 갑자기 흔들리는 뤽과 로이의 표정. 저 둘은 일을 안할 방법을 찾는 일을 하는 것처럼 굴던 터. 주인이 볼때만 하는 척 하고, 안 볼때는 노는게 너무도 자연스러운. 진정한 알바생이라고 할 수 있다.
 지금은 주인이 시키더라도 무조건 피해야 하는 상황이다. 폭풍이 치는데 배달을 내보낸다든지, 강도가 든 상황에서 총알받이를 시킬 때. 보통 이런 때 알바생은 알바를 관둔다.

"내가 갈게. 기철이랑."
 세이코가 내 쪽으로 눈을 찡긋하며 말한다.
 어디선가 안도의 한숨이 들리는 것 같은 상황. 가면 못 돌아올지도 모르는데 왜 하필이면 지금... 얼어붙은채로 뭔가 한마디 하려는데, 내가 안가면 다른 누군가를 보내는 꼴이다.
"쫄긴~ 화성 드라이브야. 작업 대신 콧바람도 쐐고, 좋잖아?"
 세이코가 옆에와서 우주복 어깨를 툭툭 친다.
 여태 작업을 함께 하며 덜 심심하게 해줬던 건 고맙다. 그래도 지금 만큼은 제발 안하고 싶은데...

'그럼 결정됐습니다. 두 분은 트럭 뒤쪽에 실려있는 통신선의 한쪽 끝을 기지쪽 선과 연결시켜 주세요. 나머지 요원들은 가이드를 따라 오후 작업을 준비해 주세요.'

 ... 우물쭈물하는 사이 일이 멋대로 진행되버린다. 어려운 일 다 해놓고, 독박 썼다.

*

'지금 가는 곳은, 40km 떨어진 곳입니다. 한 시간 걸리죠.'

시속 40km라는 소리. 아까부터 느꼈지만, 약간의 빠름이 상당히 빠른 것 같다. 좌석도 없이 트럭의 난간만 붙잡고 선 상태인것치고 승차감도 안정적이다.

'이 차량은 안전을 위해서 정해진 경로만 주행합니다. 수동 조작을 할 수 있으나, 긴급 상황에 한정하여 사용하셔야 합니다. 앞으로 통신은 30분마다 3분 간 가능하니, 이 점 유의해 주세요. 통신 불가 상태에서 비상상황이 발생할 경우, 각자 판단으로 생존 가능한 방향을 선택하여 움직이세요.'

마크의 무전이 끝난다. 이제 주위엔 온통 붉은 황무지 뿐이다.
"멍때리는 것 같고, 좋은데? 작업하는 것보다 훨 낫네~"
조종석에 선 세이코가 여유롭게 경치를 바라본다.
"조심해. 굶주린 외계인이 지켜보고있다고."
긴장된 목소리로 말하는 기철. 통신선 뭉치에서 풀려나가고 있는 선이 신경을 긁는 것처럼, 자꾸 그쪽을 돌아본다. 뭔가 도사린채로 기다리고 있는 것 같아서, 도저히 마음을 놓을 수가 없다.

"우리 둘 뿐이니까, 아무에게도 얘기하지 못한 비밀을 하나씩 말해보자. 어때?"

"별로 그러고 싶지 않은데."

 갑자기 차량이 느려지더니 완전히 멈춰선다. 마크가 말했던, 비상정지 버튼을 누른듯하다.

"지금 뭐하는 거야??"

 어이없다는 표정으로 세이코를 쳐다보는 기철. 엄청난 장난을 치고있다.

"조종간 시험중이야. 내가 조종을 맡았으니, 내가 원할 때 멈추는 거지. 다시 갈 수도 있고."

 기철을 쳐다보며 사악한 미소를 짓는 세이코. 너무 황당해서 긴장이 풀려버린다. 이렇게 급박한 상황에서도 저딴식으로 행동하는 걸로 봐서, 배짱 하나는 인정해줘야겠다. 한숨을 쉰다.

"...이 이야기는 무덤까지 가져가야 돼. 약속 해."

 픽 웃으며 고개를 끄덕이는 세이코. 작동 버튼을 누른 듯, 트럭이 다시 움직이기 시작한다.

"난 사실... 돼지농장에서 살았어."

 이야기를 시작하는 기철. 잊으려 했던, 그 기억이다.

"...집이 돼지농장을 했어. 중학교 올라가면서는 학교에서 돌아오면 농장 일을 도와야했어."

"돼지농장?? 냄새날 것 같아~"

 세이코가 일부러 짓궂게 코를 막는 시늉을 해보인다.

"그래 지금 너처럼, 학교에서 툭 하면 돼지 냄새난다고 놀림당했지. 물론 진짜 그러진 않았겠지. 내가 돼지 우리에서 뒹구는건 아니니까. 돼지농장 얘기가 생활기록부에 적혀있었거든. 그걸 어떻게 알고서 놀려대는 거지... 어느날엔가,

화장실에서 일을 보고있는데, 한무리가 들어와서 떠들기 시작하는거야. 밖으로 나가지도 못하고, 하는 얘길 들었지. 읍내에 새로 클럽이 생겼고, 놀러간다고 들떠있었어. 그런데 한 명이 더 필요하다는 거야. 누구로 불러야 할지 고민하더라고. 그게 꼭 나한테 하는 말처럼 들렸어. 클럽이 뭔진 몰라도, 그 애들이랑 같이 놀고싶었던 거지. 놀림받는것도 끝나고, 친구도 생기고, 지긋지긋한 학교생활이 완전히 달라질 기회가 내 앞에 온 셈이지. 그래서 과감하게 문을 열고 나갔어."

말을 멈추는 기철. 주변은 온통 붉은 황무지의 지평선.

어느새 세이코가 집중한 듯이 기철을 똑바로 쳐다보고 있다.

뒤를 향해 몸을 돌리는 기철. 누군가를 보며 이야기를 할 수 없는 기분이 들어서다. 끈질기게 풀려나가고 있는 통신선 묶음을 노려본채 이야기를 계속한다.

"집에서 안된다고 했어. 농장을 이어받아야 할 놈이 그런 불량한 애들과 어울려서 좋을 게 없다고. 가려면 아예 집을 나가라고. 처음으로 반항이란 걸 했어. 싫다고 소리를 질렀거든. 그랬더니 진짜 집 밖으로 내 쫓더라고. 맨발로 난 서울을 향해 걷기 시작했지. 꼬박 일주일을 걸었던 것 같아. 생각만큼 어려운 일은 아니었어. 그냥 배가 계속 고프고, 다들 무관심했지. 그렇게 난 다시 태어났어. 서울에 도착했던 날이 5월 5일이었거든? 그 날이 내 생일이야. 돼지우리를 벗어나서 내 삶을 시작한 날. 이게 내 비밀이야."

말을 마치고 뒤돌아 세이코쪽을 보는 기철.
 차량 앞머리에 걸터선 채 지평선 너머를 보고있다. 이야기를 들은건지 마는건지... 뭐 상관없다. 오랜만에 힘든 얘기를 꺼낸 것 만으로도 속이 후련해져서 좋다.
 "저기 봐봐. 뭐 있는거 아냐?!"
 갑자기 세이코가 외친다. 가리키는 손 끝을 따라가보면, 황무지 한 복판에 인공적인 느낌으로 서있는 어떤 형체. 그럴리 없겠지만, 무슨 출입구같아 보인다.
 "그러네... 저게뭘까? 너무 똑바르게 세워져 있는데?"
 "가서 확인해야겠어. 잘 하면 우리가 뭔가 발견한 걸수도 있잖아?"
 말을 마치자마자 버튼을 눌러 차량을 정지시키는 세이코. 밖으로 뛰어내리려는데, 기철이 붙잡는다.
 "내가 갈게. 만약에 안 돌아오면, 너가 나머지 일 다하고 시간 남으면 찾으러 와. 외계인하고 놀고 있을께."
 기철이 말에 어이없다는 웃음을 싯는 세이코. 이 황무지에서 무슨 일이 있겠냐는 표정이다. 하지만 알았다는 듯, 가 보라는 손짓을 한다.

*

그냥 좀 걷고싶었다. 그게 다.
 와서 보니, 황무지에 비스듬히 놓인 돌판. 문 같이 생겼는데, 문이 아니다. 손잡이도 없고, 드나들 수도 없는 돌판일 뿐이다.
 보기엔 가까웠는데, 여기까지 오는데 8분이나 걸렸다.
 트럭쪽을 돌아보는 기철. 세이코를 향해 손을 흔들어 보면, 딴짓 중인지 반응이 없다.

 다듬은 것처럼 매끈한 돌판의 형태.
 주변의 토양에 비해 더 짙은 붉은색을 띠는 것이, 구워낸 벽돌같은 느낌도 준다. 뒷면도 앞면과 똑같다.
 만져보기 위해 조심스럽게 손을 뻗는 기철. 우주복의 장갑이 돌판 표면에 닿는 순간, 갑자기 모든 게 완전한 암흑에 빠진다.

 아무것도 안보이는, 내 손이 어디있는지조차 분간할 수 없는 어둠. 당황해서 잠시 그대로 멈춰 있는데, 영사기가 틀어진 것처럼 눈앞에 영상이 펼쳐진다.
 온통 갈색빛 모래폭풍이 휘몰아치는 광경. 그 속에 희미하게 모습이 드러나는 건, 격납고의 13번째 장비, 탱크다!
 모래폭풍을 정면으로 뚫고 달려가는 탱크의 모습. 어쩐지 손에 땀을 쥐게하는데... 도대체 지금 이게 무슨 의미인거지?
 문득 눈을 뜨는 기철.
 눈 앞에서 세이코가 자신을 붙잡은 채로 흔들고있다.

 "정신이 들어? 걸을 수 있겠어?"

세이코의 말에 고개를 끄덕이는 기철. 비틀거리며 자리에서 일어서면, 그 이상한 돌판 옆이다.

"...어떻게 된거야?"
"너가 계속 안와서 와봤어. 그냥 멍하게 앉아있더라고, 무슨 일 있었어?"
 주위를 한번 둘러보며 묻는 세이코. 돌판을 만지려고 손을 뻗는데, 기철이 막아선다.
"그걸 만지는 순간, 정신을 잃었어. 뭔가 이상한 돌 같아. 일단 여기를 좀 벗어나자."

 다시 트럭을 출발시키는 세이코.
 시간을 보면, 그새 30분이 지나버렸다. 도착했는데 아무도 없으면 어떻하지?...
"우리 할머니가 한국인이야. 그래서 나도 한국인 3세인 셈이지."
 걱정하는데, 세이코가 이야기를 시작한다. 뭔가 비장한 분위기. 앞쪽을 바라본 채여서 표정을 볼 수가 없다.
"니가 한국인이라고?"
 그동안 세이코의 어쩐지 남다른 관심이 이제야 이해가 간다.
"내 진짜 이름은 경애야. 오사카를 떠나서 혼자 도쿄에 온건, 나에게서 한국인이란 걸 지우고 싶어서였어."
 뭐 기철도 만만치 않긴 하지만, 촌스러운 이름이 한국인 맞다. 갑자기 모든게 당황스럽다.

"사실 난 말이지... 처음 너를 보는 순간 깨달았어. 내가 한국인으로 살게 될 거란걸."
 통역기능 없이는 무슨 말을 하는지도 못알아들었을 외국인인데... 날 보고 깨달았다니? 왜??
 이건 뭔가... 굉장히 깊다.
 눈앞에서 세이코가 등을 돌린 채, 이야기를 계속한다.

"그냥 평범한 알바생으로 살고 싶었어. 도쿄까지 왔는데도 내가 있을 자리는 밤의 세계 뿐이더라고. 우리 할머니도 그렇고, 부모님도 어둠의 세계라고 할 법한 쪽에만 계셨는데, 나까지 이럴 줄은 몰랐지... 난 드라이버야. 의뢰인의 부탁을 실행하는 드라이버. 일종의 킬러야. 물론 사람을 죽이진 않지만."
 킬러 드라이버라... 지금까지 비밀에 싸인 한 조각이 맞춰진듯 잘 어울린다. 지금 이 트럭의 조종석에 서 있는 모습도 그렇고.
"나이트 클럽을 하는게 꿈이야. 같은 밤의 세계라도 클럽이면 폼나지 않겠어? 원래 한 10년 쯤 걸릴거로 생각하고 돈을 모으고 있었는데, 이 일이 왔지. 돌아가면 클럽을 시작할거야. 참, 너도 클럽 가고싶다고 했으니까 놀러오면 되겠네~"
 갑자기 생각난 듯, 기철쪽을 돌아보는 세이코. 눈에 눈물이 맺혀있다.
"어렸을때 못했던 거는 어른이 되서라도 꼭 해야된다고, 우리 할머니가 말씀하셨거든."

클럽에 가진 못했지만, 그게 아쉬웠던 적은 없었다.
그날 난 자유를 얻었으니까.
 지금 세이코가 말하는 클럽은, 어쩐지 벗어날 수 없는 굴레처럼 들린다. 중력을 거스를 수 없는 인간 같은.
 고개를 끄덕여 답하는 기철. 손을 내밀어 세이코의 어깨를 다독여준다. 지금은 그래야만 할 것 같다.
 영원히 계속될 것 같은 붉은 빛이, 점점 더 꿈인지 현실인지를 불분명하게 만들고있다.

*

목적지에 도착한 듯, 속도를 줄이기 시작하는 트럭.
 먼저 도착해있는 상대방이 보인다.
 각자 타고온 차량을 벽처럼 등진채, 2:2로 족구를 하고있는 모습. 우주복에 선명히 붙어있는 국기로 바로 알아볼 수 있다.
 한창 게임에 열을 올렸던 듯, 바로 옆까지 다가가야 비로소 이들을 알아보는 상대방.

"화성인하고 놀다 오셨나?"
 러시아요원 R이 먼저 말한다.
"우리가 20분 늦게 왔으니까, 40분 늦었네. 40분에 대한 설명 부탁한다."

화난 것같은 중국요원 C. 떽떽 쏘아 붙인다.
"외계인을 만났어. 미안하다."
 빤히 쳐다보며 답하는 세이코에 키득대는 러시아요원들. C가 세이코에게 달려들려는 걸, 일행이 겨우 붙잡아 말린다. 상대의 태도에 서늘함을 느끼는 기철. 우주복을 입은채로 몸싸움을 하다 만에하나 어디가 찢어지기라도 한다면... 기압차이로 몸 속의 수분이 끓어오르고, 30초 내 사망이다. 메타글래스의 튜토리얼에서 배웠다.

"진정해. 우린 미국이 아니라 한국이야. 대. 한민. 국! 한국인이라고."
 박자에 맞춰 손뼉까지 쳐가며 아무말이나 해대는 기철. 이 순간에 튀어나온 말이 '한국인'이라니... 스스로 생각해도 절망적이다.

"우리가 무사히 한자리에 모인걸로 만족하자고. 이걸로서 이번 미션의 절반은 성공 한 셈이니까. 안그래? 자. 가져온 통신선들 연결하고, 각자의 집으로 돌아갑시다."
 피식 웃으며 중재를 서는 R. 어쩐지 이런 상황을 한두번 해본게 아닌 듯한 여유가 느껴진다.
 기철이 보기에 중국 쪽은 특수부대가 어울릴 군인같고, 자신들은 알바생이고... 그나마 러시아 쪽이 상상했던 우주인의 모습에 가깝다. 슈퍼맨처럼 웃는 상에, 우주복이 없어도 될 것 같은 여유. 긴장이라고는 1도 찾아볼 수 없다.

각자 통신선을 끌어오는 일행.
러시아와 중국이 서로의 선을 연결시킨다.
'어?! 잠깐만, 그럼 우린 뭐야?'
통신선을 들고 뻘쭘히 서있게된 상황. 세이코의 침착함도 빛을 바랜다. 어쩔 방법이 없다.

'...이런 xxxx...'

 이 순간, 왜 국제우주개발기구가 굳이 자신들을 이 미션에 선택했는지 이해가 간 기철.
 이 두 나라와 잘 지내기 위해서, 혹은 이 두 나라를 열받게 할 목적의, 둘 중 하나. 아니, 어쩌면 둘 다 일 수도 있겠다는 생각이 든다. 화성에서, 지금 이 상황에 닥쳐야지만 알 수 있는 노릇. 아무리 빌어먹고 사는 처지라지만, 알바생이라는 신분을 이딴식으로 이용해 먹을줄은 몰랐다. 어찌보면 진짜 악당은 국제우주개발기구일지도...

"뭐해 친구?~"
 멍하니 서있는 기철의 어깨를 툭 치는 R.
 정신을 차리면, 그들이 연결시킨 선 옆에 끼워넣는 단자가 하나 더있다.
 고마워서 눈물이 나려는 기분을 머금은 채, 들고있던 선을 연결시키는 기철. T자 형태가 만들어지며, 임무 완성이다!
 악수같은 것도 없이 돌아서서 곧바로 가버리는 상대방들.
 지체할 시간도 없어서 세이코와 기철도 바로 출발한다.

'돌아올 시간이 됐는데, 왜 아직 거기세요?'

도착 40분 남은 시점에 마크의 무전이 들어온다.
"문제가 있었어. 하지만 해결했고, 통신선도 잘 연결됐어."
말하며 세이코가 한쪽 눈을 찡긋해 보인다.

'부상자가 있으신가요?'

대답하려는 세이코를 기철이 막는다.
"저기 마크. 우리가 사고로 죽었다면, 어떻게 되는거예요?"
이번에 만난 상대 국가 요원들에게서 심상치않은 분위기를 읽었다. 어쩌면 좀전의 만남은 계획에 없던 일이었을지도 모른다. 적의 움직임에 임기응변으로 대응한, 인공지능의 일. 그래서 상대가 더 열받았던거고...

'두 분의 몫은 로봇이 대처하며, 남은 일정은 차질없이 진행됩니다. 우주선으로 바로 복귀하도록 경로를 수정해드렸습니다. 42분 후에 뵙죠.'

무전이 끝나고, 서로 아무말이 없는 기철과 세이코.
어쩌면 이 미션 전체가 인공지능의 판단에 맡겨진, 미래의 무인 이주 미션을 준비하는 성격의 프로젝트 일지도 모른다는 생각이 든다. 화성이건 불지옥이건 연산 가능한 디지털 신호에 불과할 인공지능. 이 붉은 황무지에 잘 어울린다.
 음모론과 그 너머에 대해 생각하려니, 모든게 의심스러워지는 기분. 검붉은 지평선 끝, 마지막 빛을 내며 사라지는 태양이 보인다.

6장. 화성의 밤

레고 조립

 6개월 간을 요약한 말이다.
 그 180일 동안, 기지 건설 작업의 2단계와 3단계를 마쳤다.
 먼저 2단계 작업은, 수영장같은 공간에 기지의 뼈대를 세우는 것. 3개월, 90일 동안 진행됐다.
 매일, 트럭을 타고 그날의 작업재료들과 함께 작업장으로 간다. 재료들을 표시된 위치에 조립 후, 용접기로 고정시키는 작업의 반복. 메타글래스의 만들기 프로그램처럼 쉽다. 헬멧창에 표시된 가이드를 정확히 따라하기만 하면된다. 바닥부터 시작해서 기둥, 천장 순으로 조립해서 깊이 10m, 가로세로 50m의 지하공간에 2층짜리 기지의 뼈대가 세워졌다.
 다음 3단계 작업은, 다시 3개월간의 뼈대에 살을 붙이는 작업. 이 작업에는 격납고의 11번째 장비, 판넬 사출기가 사용됐다. 착굴 작업때 만든 벽돌을 집어 넣으면, 두께 10cm, 가로세로 1m 규격의 판넬로 뽑아내는 장비. 브릭 생성기와 비슷하다.
 4명이 판넬 조립을 하고, 1명이 운반을, 판넬 제조를 하는 나머지 1명이 전체 작업을 관리하는 방식. 뼈대 사이에 판넬을 붙여넣고, 용접기로 고정시키는 작업을 3개월간 하자, 내부의 각 구역이 나눠지고, 층계와 출입구를 갖춘 기지의 형태가 완성됐다.
 이제 거의 끝이 보이는 듯하다.

 그사이 개인플레이로 돌아간 참가자들.
 매일의 의무적 작업 목표만 달성하면, 나머진 개인 자율이니, 정해진 작업때만 한자리에 모여 해야할 일을 할 뿐, 그 이후엔 서로 마주칠 일이 없었다.
 이들은 완벽하게 원래 본인이 살던 삶으로 돌아간 듯한 모습을 보였다. 1년 20억은 일당으로 치면 약 548만원이니까, 불만이 있을리가 없다. 작업 일정과 기본 수칙만 지키면 되는, 화성 스페셜 꿀 알바인 셈. 서로 최대한 덜 마주치면서 하루를 때우는 쪽이 피차 편하니까 더 그런다.
 이런걸 보면, 한 번 성인이 된 인간은 웬만해선 특별하게 뭔가 달라진다거나, 새로운 습관이 생기지는 않는 모양이다.
 다른 이들과 마찬가지로, 세이코와 기철 노한 딱히 가까워지는 건 없었다. 단지 둘씩 짝지어 작업하는 편이 더 편하니 같이 다닐 뿐이다. 결국 각자의 자리를 잡은 참가자들은 고양이처럼 영역과 경계를 정한 채 그 선을 넘지 않는다.
 이렇게 끝나는 건가?

 335를 쓰고 X표를 하는 기철.
 오늘은 레벨 3 수준의 모래폭풍이 계속된 덕분에 하루종일 캡슐 안에서 빈둥거린 날. 1년까지 이제 30일 남았다.
 문득 날짜세기가 떠올라 달력을 불러냈는데, 이 생활이 1

달 남았다는게 믿겨지지가 않는다.
 언제부턴가 X표하는 걸 잊고 넘어간 날이 많아서 대부분 그대로인 달력의 모습. 앞 쪽으로 올라가보면, 150일 까지는 그래도 꾸준히 쳤는데 그 후로 시들해졌다.
 1년을 빨리 지나보내고 싶어 매일 빠짐없이 하루하루를 지워나갔던 건데, 더 지루하게 만드는 일이 됐다. 오히려 날짜세기를 잊고 지내다보니 시간이 더 빨리 갔다.

 눈앞에 수영장이 딸린 1층 단독주택이 있다.
 할리우드에나 있을 법한 집. 이 집의 뼈대부터, 발코니, 옷장... 정원 한 복판의 제법 널직한 야외 수영장까지. 그동안 기철은 메타글래스의 〈만들기〉 메뉴로 자신의 드림 하우스를 만들며 시간을 보냈다. 가이드를 따라 뚝딱뚝딱 만들다 보면 시간도 잘 가고, 내일 하루의 똑같은 짓을 반복할 힘도 생기는 것 같아서 좋다.
 이제 기철은 드림하우스 안, 자신의 방에서 잠이든다. 그렇게 자신이 꾸민 방의 침대에 누워, 창 밖의 지는 노을을 바라보는 기철. 이제 한 달만 더 버티면, 한국으로 돌아가서 이 집을 실제로 지을 수 있다...

 이 생활에 익숙해 지면서 마음 한 구석에, '메타글래스가 고장나면 어떡하나...' 하는 두려움이 그림자처럼 생겨났다.
 어느날 갑자기, 이 모든게 작동이 안되면 어쩌지?...
 가시가 박힌듯 끈질기게 괴롭히는 정체불명의 감정.

불안감을 떨치기위해 음악을 듣기로한다.
 현재 한국에서 방송되는 라디오를 틀어놓는 기철. 한차례 다이얼을 이리저리 돌리다 멈추면, 국악방송이다. 고즈넉하게 공간을 채우는 가야금 소리를 들으며 서서히 잠으로 빠져든다. 지금 내 모습은, 캡슐 안, 캡슐복을 입은 채, 메타글래스 선들에 연결되어 누운 자세.
 사이버펑크 세계의 안드로이드 같을 것이다...

*

쿵. 쿵쿵. 쿵.

'그래, 이건... 대. 한민. 국. 이다.'
 마침내 완전히 잠에서 깨어난 기철. 중간에 잠이 깬 적도 처음이지만, 계속되던 이 소리가 꿈이 아니라 현실이라는 게 더 경악스럽다.
 메타글래스 선들을 벗겨내고 우주복으로 갈아입는 기철. 헬멧에 표시된 시간은, 오전 1시.
 캡슐 문을 열고 밖으로 나간다.

 밤의 우주선은 절전모드인 듯, 모든 조명이 꺼져있다.
 캄캄한 통로를 손을 앞으로 뻗은 채 더듬어가는 기철. 관제실 쪽 방향으로 나아간다. 여태 오후작업 복귀 후에 단

한번도 캡슐 밖으로 나온 적이 없었다. 늘 다니던 통로의 한쪽 끝에서 끝까지가 이렇게 멀 줄이야... 어둠 속에선 모든게 완전히 다르게 느껴진다.

관제실에 도착하면, 안쪽에 멈춰 세워진 상태로 충전중인 마크의 모습이 희미하게 보인다.

'충전 상태에서 깨우려면 뭘 눌러야 하지?'

마크 앞쪽, 계기반의 조작버튼 중에 뭘 눌러야 할지 도저히 엄두가 안난다. 잘못 눌러 우주선이 지구로 출발하기라도 하는 날엔... 생각하기도 싫다.

한 달 남았는데 왜 하필이면. 왜 지금. 왜!!...

이럴 줄 알았으면 이런 예외적 상황을 가정해서 어떻게 할지 미리 알아두는 건데...

생각해보면, 기철을 포함한 참가자들 모두 우주선 화재 발생시 대응법이나, 긴급 탈출 방법 등에 대해서 전혀 모르고 있다. 혹시 살아돌아오지 못한다는 걸 가정해서 이렇게 아무것도 안 알려준 걸까?

이 미션에 대한 의심에 또 불이 붙는다. 어쩔수가 없다.

조작버튼 앞에 선채로 한참 망설이던 기철. 마침내 버튼을 누를 결심을 하고 움직이려는 찰나,

"움직이지 마세요. 양 손을 머리 위로 올리세요."

바로 뒤에서 밝은 목소리가 들린다. 반가운 마음에 뒤로

돌아서려는데, 마크의 로봇 손이 순간적으로 양 어깨를 붙잡아 움직일 수가 없다.

"왜, 왜이래요??"
"지금 기철 님은 선상 반란을 일으키고 계신걸로 인식되었습니다. 앞으로 30초 내에 반박 증거를 제시하지 않으실경우, 결박 상태로 캡슐에 감금되십니다."
"뭐라고? 그게 무슨 개소리야! 이거 놔!"
 대꾸가 없는 마크. 30초의 끝이 점점 다가올뿐인데...

쿵. 쿵쿵. 쿵.

 다시 우주선 아래쪽을 누가 두드린다.

"저 소리. 저게 증거야. 저것 때문에 잠이 깨서 알아보러 나왔어요!"
 다급하게 외치는 기철. 그러자 선내 조명이 켜지기 시작하며, 마크가 붙잡고 있던 손을 풀어준다.
"보안 시스템상 외부 활동체는 감지되지 않았습니다. 우주선 밖은 아직 레벨 3의 모래폭풍이 계속되는 상황으로, 돌조각의 충돌에 의한 소리로 판단됩니다."
"지금 저 소리가 돌에 맞은거라고요?! 외부 관측 카메라 한번 확인해 봐요!"
 기철의 말에 관제석 화면이 켜지며 나타나는 우주선 외부의 모습. 온통 모래폭풍이 몰아치는 가운데, 우주선 바로 아래쪽에 이동차량 한 대와, 우주복을 입은 형체가 보인다.

'비상. 외부에 적 침입. 비상. 외부에 적 침입.'

 갑자기 온통 붉게 깜박이기 시작하는 우주선 안. 인공지능의 건조한 음성이 반복적으로 알리는 건, 전투 상황이다.

*

푸슉~

 차폐문이 열리며 내는 소리.
 드러난 탱크의 내부는 캡슐만 한 공간이 세 개의 좌석과 계기반으로 둘러싸여있다.
 모래폭풍으로 인해 밖으로 나가야만 침입자의 정체를 확인할 수 있는 상황. 관제실 앞에 요원들을 집합시킨 마크는 지원자 3명을 받는다고 했다.
 왜 3명인지의 이유가 지금 눈 앞에 있는 것.
 조종석에 한 명. 레이더 표시를 보며 적의 위치를 알려줄 관제석 자리 한 명. 무기 조준과 발사를 맡는 한 명.
 그 동안 중장비들 맨 끝에 우뚝 버티고 선 13번째의 존재를 볼때마다 어렴풋이 들었던 우려가 마침내 현실이 된 순간이다.

 탱크라니...

 마크는 변함없이 활기차고 밝은 목소리로 상대는 적이며 이 상황은 교전이 가능한 상황이라고 설명했다.

 이제 딱 한 달만 더 버티면 집으로 돌아가 팔자를 고치는데, 당연히 죽고싶은 사람은 아무도 없다.

 하지만 기철은 가장 먼저 지원 할 수 밖에 없었다. 맨정신으론 자신을 지명해서 부르는 것 같은 그 신호를 듣고도 모르는 척 할 수는 없었다.

 고맙게도 세이코가 지원을 해줬고, 나머지 한 명은 리사였다. 미국인으로서 기꺼이 위험을 무릅쓰겠다나?

 하지만, 그 말을 하는 도중에 눈꺼풀이 경련을 일으키는 걸로 보건데, 누군가 배후에서 그러라고 시킨 것 같다.

 '돈을 두 배로 올려 줄테니 네가 꼭 나서야 한다. 지금 이 상황을 윗분들이 지켜보고계신다.'라는 식으로...

 아니면 단지 피곤해서 그런 걸 수도 있고...

 끝날 때가 가까워서인지 편집증 스럽게도 모든게 의심스럽다. 내가 점점 미쳐가고 있는 걸까?

 기철이 혼란스러워하는 사이, 성큼 탱크 안으로 올라타는 세이코. 드라이버 답게 맨 앞 자리, 조종석에 앉는다.

 그 옆, 레이더 관제석으로 재빨리 앉아 버리는 리사.

 이제 남은 건, 정 중앙의 솟아오르듯 꽂혀있는 자리. 탱크의 레이저 포탑 사격대 뿐이다.

 이런... 머뭇거리다 가장 어려운 걸 떠안게 돼버렸다.

만에 하나, 누군가를 죽여야 하는 상황이 되면, 내 손으로 쏴 죽이라고?! 이건 해서는 안되는 일 같은데??

'겁만 주는 거에요. 쏠 일 없으니까 걱정마세요. 만약 진짜로 쏠 때가 되면, 제가 할게요. 이제까지 잘 해왔던 것처럼 저의 지시에 충실히 따라 주시기만 하면 됩니다.'

분개한 채로 있는데, 생각을 읽는 듯한 마크의 무전이 들어온다. 오랜만에 듣는 회유다. 다른말로, '복종 밖에는 선택지가 없으니, 피차 시간끌지 말자.' 알바생이 관두기 직전까지 가면 아쉬운 쪽 사장들이 저런다.
이러면 생각지도 못하게 진짜 군인이 되버렸다. 심지어 결정권자가 인간도 아닌, 로봇이다.
이런 일에 몸을 내 던진 자신이 원망스러운 순간. 안하려니 책임감이 울고, 하려니 자존심이 운다.

'내가 군인이 되다니. 그럼 난 반항하는 군인이 될거야!!'

마음속으로 기합을 주듯 큰 소리를 지르는 기철. 마침내 사격대로 다가가 자리에 앉는다.
안전벨트를 착용하고, 양쪽 손 부위에 위치한 조종간을 움켜쥐면, 시선 닿는 곳에 돔 형태로 둘러싼 화면이 켜지는 모습. 탱크 주변, 360도 뷰가 파노라마처럼 한 눈에 들어온다. 이 상태로 확인 된 타깃 마크를 조준하여 레이저 포를 쏘면 된다는 내용의 가이드 표시가 헬멧창에 나타난다. 곧바로 이어지는 시연 영상은, 탱크에서 발사된 레이저 포가 타깃에 명중하여 테니스 공 만 한 구멍이 뚫린 채 파괴되는 모습이다.

영상을 끝으로 사라지는 가이드. 여태 그래왔듯, 게임만큼이나 쉽다.

모든 준비가 완료되자 하강을 시작하는 엘리베이터. 차폐문이 밖을 향해 열리는 순간, 폭풍에 날린 검붉은 모래가 들이친다.

*

탱크에 태워 내보낸 데는 이유가 있었다.

관측 시계를 제로로 만들어버리는 레벨 3 모래폭풍속에서도 표적을 정확히 잡아낸다.

탱크 조준창으로 확인된 상대의 정체는, 중국요원 C.

통신선을 연결하러 갔던 날, 기철이 당황해서 했던 짓을 똑같이 따라 한 것이 소리의 정체였다.

그게 벌써 6개월 전 일인데, 도대체 이 밤중에 여기까지 와서 왜 날 찾는거지?

'한 명이 직접 나가서 상대와 얘기해 보세요.'

어김없이 마크의 무전이 들어온다.

갑자기 딴청을 피우기 시작하는 리사와 세이코. 저럴거면 지원을 왜 했는지 모르겠다. 이래서 서로가 최대한 안 마주치고 지내려고 하는지도 모르겠다. 돕는 것도 끼부리면서 돕는다. 알바생 아니랄까봐.
 "내가 갔다올게."
 그래 얘들아, 내가 양보한다.
 안도의 한숨을 내쉬는 이들. 어지간히 엮이기 싫은 기분을 이해한다. 이 상황에 왠지모를 책임감이 느껴지기도 하고. 누구에게나 '이건 내 일 이다'라는 느낌이 올 때가 있을거다. 지금의 기철이 그렇다.

 탱크 밖으로 나서는 기철.
 헬멧창에 찍힌 온도는, '영하 -100도'.
 어둠 속, 시속 200km에 가까운 모래폭풍이 몰아치는 중이다.
 지구에서 시속 200km 짜리 폭풍은 웬만 한 물체를 날려버릴 위력이겠만, 화성은 대기가 희박하다. 미는 힘이 약하다는 말. 그러나 폭풍에 날린 모래가 엄청난 속도로 회오리치며 시야를 완전히 방해한다.
 얼어붙은 모래의 늪에 빠져드는 기분이다.

 "안녕 한국인. 나와줘서 고맙다. 지금 우리가 도움이 필요해. 너네한테 올 수 밖에 없었어. 함께 가줄 수 있겠어?"
 헬멧의 통역기능이 제대로 작동할 텐데도 툭툭 끊기는 C의 말. 굉장히 급박한 상황이란 느낌이 전달된다.

이어지는 C의 이야기를 요약하면 다음이다.
 자신들의 기지에 있는 인공태양이 폭발할 위험에 처했다. 현재 강제로 작동을 멈춘 상태이며, 냉각수를 보충해야 한다. 앞으로 4시간 안에 재가동을 못할 경우, 기지에 남은 두 요원들의 생명 유지장치가 멈추며 죽는다. 러시아 기지에 냉각수가 있는데, 걔네가 연락을 받지 않는다. 너희와 함께 가서 직접 받아가는 방법밖에 없어서 여기 왔다...
 삼국 공조가 필요하다는 얘기. 마치 영화에서처럼, 지금 기철 앞에 모험의 출입구가 열렸다!!

'전원 복귀하세요.'

 내용을 함께 듣던 마크가 무전을 날린다. 좀 뜻밖이다. 한 달만 버티면 이 모든 게 끝인 상황에서, 이런 절대 위기적 상황을 이렇게나 간단히 정리해준다니, 고마워서 눈물이 날 지경인데?

"갈래요."

 기철이 짧게 대답한다. 지금 도와주지 않으면 죽는다는데, 도와야 한다. '내가 그 상황에 처했다면?'으로 뒤집어 생각해보면 쉽게 알 수 있다.
 게다가 반항하기로 결심했다. 이렇게 기회가 빨리 와서 기쁠 지경이다!

'...행운을 빕니다.'

 한참을 망설인 것 같은 마크의 대답.
 이 로봇이 처음으로 인간의 의견을 받아들인 순간. 통쾌함마저 느껴진다.
 단 한 번의 시도로 마크의 예상을 넘어선 일을 벌이고, 타협하게 만들었다. 이 상황을 나만 알게된다는 게 미치도록 아쉬울 정도. 이걸 다른 애들도 다 봐야 하는건데...
 생각지도 못한 승리. 위험부담을 졌던 만큼의 보상을 받았다!

*

 희미하게 보이는 4m 높이의 돌문.
 러시아의 화성 기지 출입문이다.
 C의 말로는, 주변 1km에 걸쳐서 저 돌의 장벽을 빙둘러 세워놨다고 한다. 표면의 일정한 간격으로 쌓아 만든 흔적이, 3D 프린터로 만들었다는 걸 알려준다.
 화성까지 와서 이런 요새를 만들어놨다니... 뭔가 꿍꿍이가 있는 것이 확연히 느껴진다.
 연락이 되야 저 요새의 출입문이 열리고, 안으로 들어갈 텐데, 연락이 안되니 속수무책.
 C가 레이저 포를 쏴 문을 부수라고 한다. 러시아 쪽에는

자신들이 나중에 알아서 잘 얘기한다고.
 저 돌문은 이 탱크만이 부술 수가 있단다.
 처음부터 국제우주개발기구가 이곳에 탱크를 가져온 걸 알고 있었던 것 같은 상황. 하긴 화성 궤도에 정찰위성을 띄워놓고 상대를 감시할테니, 우주선 내부를 통째로 투시하는 수준으로 파악하고 있을지도 모른다. 그건 물론 우리 쪽도 마찬가지일테고, 아마 마크도 이런 상황까지 전부 다 알고서 막지 않았던 걸 수도 있다…

 이 곳에 도착까지 2시간이 걸렸다.
 모래 쉐이크에 뒤덮인 그 2시간 동안, 앞장 선 C가 재미난 얘기를 들려줬다.
 동시에 세 나라가 화성에 온 이 극비리 미션의 비하인드 스토리는, 결국 내기라는 것.
 15년 마다 지구와 화성이 가까워지는 '화성 대근접' 시기에 맞춰, 세 나라가 화성에서 극비에 빌이는 내기.
 화성에 가서 1년 안에 기지를 만들어 영구 정착에 성공하면, 그 나라의 화성 개발권을 국제사회차원에서 인정한다는 것. 달에서의 국가간 이권대립이 극심해지자, 아예 화성으로 장소를 옮겨 더 큰 이권을 놓고 베팅을 했다는 스토리다.
 갑자기 화성이 거대한 카지노처럼 느껴진다.
 C가 말해준 각 나라의 전략적 특징은 다음이다.
 먼저 중국은 전력 생산이 특징이다. 우주에서의 생존에 반드시 필요한 전력 생산을 위해 인공태양에 올인했다고 한다. 그 다음, 러시아는 수자원 개발을 주력으로 했다. 영구적 이주 상황에 필수적인 물 자원을 선점한다는 전략이다. 그리고 국제 우주개발기구에서는 이 모든 걸 박살 낼 '레이저포 탱크'를 가져왔다고.
 ...역시나 처음 부터 탱크가 있다는 걸 알고있었다.
 정보를 더 많이 쥔 쪽이 유리한 게임에서, 각자의 이점을 최대한 살리는 전략으로 움직이고 있겠지. 물론 기철과 알바생들은 아무것도 모른 채 시키는 대로 움직이는 일꾼에 불과하다.
 이런 얘기들을 다 듣고나니, 오히려 기분이 한결 가벼워진다. 최소한 죽더라도 뭘 알고 죽는편이 훨씬 낫다.

콰앙!!~

 박살나는 보안 키패드.
 가이드 영상에서처럼, 두꺼워 보이는 돌벽에 테니스공만한 구멍이 뚫렸다.
 마크와 협의도 거치지 않은 채 레이저 포를 발사한 기철. 통신장애 때문에 연락이 불가능한 상황에서 지체할 시간은 없고, 그냥 쏴버렸다...
 벽처럼 완전히 닫혀있던 돌문에 약간의 틈이 벌어진다.

 차량에서 내리더니, 탱크를 향해 밖으로 나오라고 손짓하는 C. 기철 일행이 전부 내리면, 4명이 함께 힘을 합쳐 벌어진 틈을 밀기 시작하고, 마침내 문이 활짝 열린다!

 안쪽에 들어서면, 타고 온듯한 우주선이 한쪽으로 세워진 모습. 그걸 지나쳐 200m쯤 더 진행하면, 지하 기지의 입구다.
 각자의 차량에서 내려 참호형태의 통로로 들어가는 일행. 지표면 아래를 향해 지그재그로 내려가다보면, 보안문 앞에 도착한다.
 "우리 기술로 만든 문이다. 호환이 된다는 말이지."
 C가 씨익 웃어보이며 단말기를 꺼낸다. 보안 키패드 아래쪽에 숨겨진 커버를 찾아 여는 C. 단말기를 연결시킨 후 뭔가를 입력하자, 철통같던 보안문이 '틱'하고 열린다.
 기압 조절실을 통과 후엔, 더 지하로 내려가는 계단이 있다. 빙글빙글 나선을 그리며 끝없이 내려간다.

'2, 3, 4... 13, 14...'

내려갈수록, 점점 오르는 헬멧창의 온도표시.
 막다른 곳의 차폐문 안으로 들어서면, '영상 20도'다.
 복도 주변으로 보이는 기지 내부 풍경. 테이블과 의자같은 집기들이 예사롭게 놓여있다. 우주 방사선과 중력, 2가지를 실내생활에 적합하게 해결했다는 말인가? 신기하게 둘러보는 기철 일행. 복도 끝의 문 앞에 선 C가 이들에게 빨리오라고 손짓한다.

그 곳엔... 수영장이 있다.

어른 열 명이 놀아도 될만큼 제법 커다란 타원형 풀. 물이 푸른 빛을 내며 찰랑거리는, 진짜, 진짜 수영장이다...

"기지 아래쪽으로 깊이 구멍을 뚫어 자원화 한 물이다. 석유 시추하듯이."
충격에 휩싸인 일행에게 픽 웃으며 C가 말한다.
생일파티라도 했던 듯, 온통 어지럽혀진 모습. 풀 주변의 선베드 위, 리조트 가운을 반쯤 풀어헤친 채 잠든 3명이 보인다. 갑자기 차원을 이동해, 누군가의 꿈 속에라도 들어온 것 같은 광경. 이 기지의 주인, 러시아요원들이다.
그들 중, 생일 모자를 쓴 사람에게 다가가 흔들어 깨우는 C. 기철이 자세히 보니, 지난 번 봤던 R이다. 겨우 눈을 뜬 그가 자신을 깨운 상대를 잠시 멍하게 올려다본다.

"...엄마?..."

전혀 예상못한 말에 R을 멀뚱히 쳐다만 보는 일행. 옆에서 세이코가 터져나온 웃음을 간신히 틀어막는다.
한참동안 이들을 쳐다보던 R. 어느 순간, 괴상한 비명을 지르며 벌떡 일어나는데, 숨을 잘못 삼켜 사레가 들렸는지 죽을듯이 콜록댄다.
그 와중에도 근처에 잠 든 두 명은 깰 생각을 안한다.

*

 오전 4시 40분.
 늪같은 모래폭풍 속을 질주하는 세 쌍의 전조등.
 맨 앞쪽이 중국차량, 다음이 기철 일행의 탱크, 맨 끝을 러시아의 급수차량이 따라온다.
 평소엔 10km 너머까지 훤히 보이던 텅 빈 황무지가, 지금 이 순간, 강렬한 전조등 빛에도 10m 앞을 제대로 볼 수 없는 완벽한 미지의 세계가 됐다. 주변에 온통 적갈색의 바다가 펼쳐진 것 같기도, 아찔한 낭떠러지가 상상되기도 한다. 실로 엄청난 광경이다.
 통신도 완벽히 차단된 상황. 6개월 전, 세 나라가 설치한 한 가닥의 통신선이 길잡이가 되어주고 있다. 그래서 이 폭풍에서도 미아가 되지 않고 목적지로 향할 수 있는 것이다.

 정신이 육체에서 30cm쯤 떨어진 것 같은, 취기가 덜 깬 상태의 R에게 C가 사력을 다해 설명했던 사건의 요지는 대략 기철에게 설명한 내용과 같았다.
 새로웠던 내용은, 앞으로 2시간 내 작동을 재개하지 못할 경우 인공태양이 위험해 지는데, 폭발시 영향범위 내 들어있는 당신들도 위험하는 것. 핵폭발을 넘어서는 강력한 폭발이 일어난다는 말이었다.
 마침내 내용을 알아듣고 정신을 차린 R이 직접 급수차량을 몰아 나와줬다. 다른 두 명이 아무리 깨워도 끝까지 일어나지 않았기 때문이다.
 기지를 나서기 전, 이들이 목격한 기지 내부의 상황이나, 주변 시설에 대해서 아무에게도 발설하지 않겠다는 비밀서약서에 서명을 해야했다. 철저한 놈들. 기철 일행의 탱크와, 손상된 정문을 보면서도 아무렇지도 않다는 건, 이들 역시 많은 것을 이미 알고 있다는 걸 증명한다...

 전조등 불빛에 드러난, 수직으로 세워진 우주선의 형체. 다행히 가로막는 돌 장벽은 없다. 우주선에서 100m가량을 더 가면, 아래를 향하기 시작하는 길. 구불구불 몇 번의 코너를 돌자, 동굴 속 격납고 같은, 너른 공간이 나타난다.
 한쪽 벽면에 달려있는 차폐문. 중국 기지의 출입문이다.
 차량이 다니는 길을 통째로 지하의 출입문 앞까지 이어지도록 만들어놨다. 이것이 대륙의 스케일이라는 건가?...

 문 옆의 소화전같은 설비에 급수차량의 호스를 연결시키는 C. R이 물 공급 시작을 알리듯, 손으로 OK사인을 보내면, C가 문 안쪽으로 사라진다.
 얼마 후.
 갑자기 온통 환하게 켜지는 천장 조명.
 C가 말한, 인공태양 재작동이 성공했다는 신호다.

뭔가 엄청난 일을 해냈다는 기쁨에 환호하는 기철 일행. R 이 피곤하다는 듯 하품을 하며 이들을 쳐다본다.

"우리 대장님께서 고맙다는 인사를 하신다는데."
 문 밖으로 다시 나타난 C가 일행을 초대한다.
 거절하고 그냥 돌아갈 수도 있지만, 인공태양에 대한 호기심때문에 그럴수는 없다.
 차폐문과 감압실을 통과해 내부에 들어서면, 여기도 캡슐 없이 지내고있다. 기지 전체에 인공 중력 장치가 되어있다고 C가 설명해준다.
 서로 기술 협력 관계였다는 말이 사실인 듯, 여러가지로 러시아 기지 내부와 비슷한 풍경. 다른 점은, 마치 가장 중요한 시설이라고 보여주듯 기지 한복판에 대형 식당을 갖췄다는 것이다.
 어떻게 이 정도의 시설을 고작 3명이 1년도 안되서 다 만들었냐고 물으니, 서로를 바라보며 코웃음을 치는 C와 R. 당연하다는 듯 건설 로봇을 썼다는 대답이 돌아온다. 시작부터 완성까지, 100일 정도 걸렸다고.
 그런 걸 굳이 알바생을 6명이나 써서 꼬박 1년간 수작업 시공을 하고있는 국제우주개발기구. 캡슐과 작업장을 오가는 생활을 반복할 땐 몰랐는데, 이제보니 세 나라 중에서 제일 용기있는 곳이라는 생각이 절로 든다.
 될 일만 골라서 반드시 되도록 한 게 아니다. 실패를 각오하고 안 될 일에 무모한 시도를 한 것. 덕분에 특수 요원들이나 로봇이 아닌, 우리 알바생들에게 기회가 온 거고.

갑자기 이 모든게 감사하다는 생각이 절로 든다.

인공태양이 있는 곳으로 일행을 안내하는 C. 지하로 향하는 계단을 앞장서 내려간다.
발전실 안으로 들어서면, 한 가운데 놓여있는 5층 건물 높이의 거대 밀폐형 설비. 온통 금속제 배관과 전선줄로 둘러쌓인 저 용기가 바로 인공태양. 핵융합 반응으로 태양 수준의 에너지를 발생시키는, 기적의 장치다.
SF만화 속 같은 한 장면. 충분히 여기 올 가치가 있었다.

"저게 터졌으면, 이곳 반경 100km내의 모든게 날라가지."
멍 한채 감상중인 일행의 뒤쪽에서 누군가 말한다.
돌아보면, 어느새 나타나있는 우주복 차림의 중국인.
머리 허연 도사같은 풍모의 늙수그레한 남자가 사람좋은 웃음을 짓고 서 있다.
"대장님이십니다. 일동 경례."
경례를 하는 C. 저 분이 여기 대장인가본데, 왜 우리까지... 기철 일행과 R이 머뭇거리다 어정쩡한 경례를 한다.

"여긴 황무지라 날라갈건 우리 세 나라의 기지들 밖엔 없겠지만... 고맙다 여러분. 덕분에 우리 중국은 앞으로 여기 화성에서 번영할걸세. 이 은혜는 꼭 갚겠네!~"
화기애애한 분위기지만, 큰 위기를 넘긴 것. 눈 앞에 서있는 인공태양은, 정말로 100km를 날려버릴 수 있게 생겼다. 생각만으로도 아찔하다.
 다가와서 한 명씩 손을 붙잡고 인사를 건네는 대장.
 어디서 007가방 같은 걸 들고 온 C가, R과 기철에게 가방을 나눠준다.
 "어우~ 무거워. 뭐에요 이건?"
 양 손으로 가방을 받아들고 묻는 기철.
 "우리 인공태양으로 생산한 전기다. 그거면 너네 기지에서 1년은 놀고 먹는다. 고마움의 표시이니, 사양하지 마."
 이건... 엄청난 보물을 선물 받은거나 다름없다. 이 가혹한 화성에서는 전기가 보물만큼 값질 테니까.
 시작도 그랬지만, 끝도 어째 모험 영화같은 엔딩인데?

 기지 밖으로 나오면, 거짓말처럼 모래폭풍은 끝나있다.
 지평선 한 쪽 끝에서 어스름이 밝아지기를 시작하는 모습. 이번엔 R과 악수를 나누고 헤어진다. 이들은 이제 서로의 목숨을 구한 은인이자 친구가 된 것. 하룻 밤 사이에 기적같은 일이 벌어졌다.
 차량에 올라 각자의 기지를 향해 출발하는 일행.
 점차 붉어지는 화성의 황무지 위를 다시 달려간다.
 드디어 모습을 드러내는 태양. 작지만 확실한 빛의 존재. 모두의 가슴속에 희망처럼 새겨진다.

 우주선에 복귀하면 오전 7시.
 변함없이 적막한 풍경. 아파트 복도처럼 늘어선 저 캡슐 안에선 뤽과 로이, 파티마가 메타글래스를 착용한 채로 이 아침을 깨우는 중일거다.

"수고하셨어요. 여러분은 오늘 하루 쉽니다."
 간단한 마크의 인사말을 끝으로 캡슐로 돌아온 기철.
 꼬박 6시간을 밖에 있었다. 모래폭풍으로 전날 하루 쉬지 않았다면, 방사선 노출량 제한 때문에 나가지도 못했을 것. 아니나다를까, 평소와는 달리 입안이 바짝 마르고, 머리를 징~ 울리는 듯한 두통끼가 확연하다.
 화성에서 살아가려 애쓰는 다른 친구들을 도왔다는 사실에 기쁨을 느끼는 기철. 어쩌면 인류가 화성을 제 2의 터전으로 삼는 역사적인 사건을 방금 이뤄냈다는 생각이 든다.
 운 좋게 이래저래 신기한 경험을 했다. 죽을뻔 했지만, 화성에서 보낸 최고의 하루였다.

7장. 준공

격납고의 텅 빈 물류선반이 끝을 알리고 있다.
트럭에 실리는 마지막 날의 장비와 재료들.
엘리베이터가 하강을 시작하면, 변함없이 붉은 빛 황무지가 시야를 물들인다.

죽을 고비를 한 번 넘기고 나니, 모든 불안이 사라져버린 기철. 시간가는 줄도 모르고 작업을 하게됐다.
마라톤의 러너스 하이처럼, 단순 반복적인 일에 완전히 몰입한 상태. 손으로 뭔가를 하는 작업 자체가 즐겁다. 의무적인 시간제한과 휴식시간이 없었다면, 하루 종일 무아지경으로 일만 했을 것이다.
어느새 마음 속 깊은 곳에서 말하고 있다. 나는 위대한 일을 하고있다. 나는 위대하다... 득도라도 한 것처럼, 과거에 있었던 모든 위대한 일들과 자신이 연결된 것 같은 기분이다.

기지 내부는 특수 단열설계에 맞춰 패널을 조립하고, 용접하여, 밀폐 상태로 완성했다. 우주 방사선은 적정수준으로 차단됐고, 내부 온도는 상시 18도 수준으로 유지된다.
기지와 외부 출입문 사이에 기압 조절실도 있다.
그렇게 최종 마무리 작업에는 격납고의 12번째 장비, 3D 프린팅 머신이 사용됐다.
전자기판 포함, 원하는 모든 형태의 물건을 최대 30분 이내로 만들어 내는 진정 조물주 같은 장비.

이걸로 부품들을 만들면, 조립해서 각종 장치를 만든다.
 설계도면 상태에서 완성 제품으로 물건이 만들어지는 모습은, 가이드를 따라 직접 해 놓고서도 믿겨지지 않는다. 이 경이로운 물건들을 하나씩 제 자리에 채워 넣으며 기지의 실내를 꾸몄다.
 인간이 우주복을 벗고 생활할 수 있는 화성 기지가 이렇게 완성됐다.

 층이 총 2개다.
 먼저 완성한 지하 2층은, 열 명이 동시에 살아가는 거주구역이다.
 중력 제어장치가 적용되는 거주캡슐 10개가 아파트 복도식으로 늘어서 있다. 응급상황시 중상 환자 4명의 동시 수술이 가능한 의료캡슐이 있고, 우주복 및 각종 장비와 도구를 수리/생산 하는 정비캡슐도 있다.
 면적이 50제곱미터니까, 1명 당 5제곱미터 씩 쓰는 셈.
 화성의 삶은 셀룸 4개와 황무지라는 말이 된다.
 모든 시설이 지속 가능한 능력을 갖춘 것으로, 빛, 전기, 물, 산소등의 지속적 공급과, 각종 정화기능까지... 여기서 한 인간이 태어나서 수명이 다할 때 까지 생활하는 게 가능하다. 물론, 메타글래스와 함께일 경우에 한해서.
 어떻게 보면 극도로 폐쇄된 화성 특수 감금시설 같아서 끔찍하다고 생각할 수 있다. 하지만 불가능 하던 인간의 화성 거주가 실현된 것. 현대 과학의 승리다.

지하 1층에 올라오면, 격납고형 공간이다.
 우주선의 격납고에 있던 모든 장비들에 정비실까지, 그대로 옮겨다 놨다. 향후 진행될 '화성 이주지 건설' 프로젝트에 쓸거라고 한다.
 나머지 공간에는 우주선 격납고에 있던 건축자재 물류창고 대신, 거대한 식량 재배실이 설치됐다. 기지가 최종 완성되는 오늘. 식량 재배실을 완성할 마지막 작업만을 남겨놓고 있다.

*

 기지에서 30m쯤 떨어진 지점.
 붉은 황무지를 배경으로, 맨 땅 위에 참가자들이 각자의 장비에 탑승한 채 서있다.
 화성에서의 첫날이 되돌아온 것 같은 모습. 마지막 작업도 땅파기로 시작한다.

 거미로봇에 탄 4명이 땅을 파고, 1명이 파낸 흙을 삽차로 모아오고, 나머지 1명은 브릭 생성기에 탄 채 멍때리기를 한다.
 역시나... 브릭 생성기는 또 기철의 차지다.
 모아온 흙에 5분 간의 가열 과정을 거쳐, 2% 정도의 물을 만들어 내는 방식. 놀랍게도 브릭 생성기가 물 생성기를 겸한다. 흙을 가열하는 공정을 공유하기에 가능하다고 한다.

 물 생성에 쓸 토양은, 한 복판이 깊이 2m정도 되도록, 땅을 직경 10m의 타원형으로 우묵하게 파낸다. 이렇게 해야 화성 환경에 미치는 영향이 최소화된다고... 이정도의 흙으로 만들어낸 물은, 식량 재배실에 1년간 공급하는 산소로 바뀐다.

 한 마디 말도 없이 열심히 작업을 하는 일행들.
 이럴수가... 이건 한계를 넘어선 듯한 속도다.
 차창 너머 한 편의 영화를 감상하듯 이들을 바라보는 기철. 거미로봇 4기가 각자 흩어져 맹렬하게 땅을 파헤치면, 삽차가 빙글빙글 사이를 미끄러지며 흙을 퍼날라온다. 일정한 간격으로 용해로 실행버튼을 누르면, 엔진이 점화되며 전달되는 진동. 보이고 일어나는 모든 게 일정한 리듬에 맞춰 매끄럽게 흘러간다. 마치 춤을 추는 것 같다.
 문득 정신을 차리면, 헬멧창에 깜빡이고 있는, 〈작업목표 달성!〉 표시. 눈 앞의 땅이 수영장 형태로 파져있다.
 예정 시간보다 약간 빠른 정도. 상큼하게 끝냈다.
 평소의 그들에게 이건 이틀은 걸릴 작업. 바꿔말하면, 이런 흥분상태에서의 속도까지 예측해서 일정을 짠 인공지능이 놀랍다. 인간의 생체리듬에 따른 예상 속도에 실수까지 계산해 넣은 듯한 정확함. 역시 소름끼친다.

목표량의 물을 다 만든 브릭 생성기를 앞세워 기지로 향하는 일행. 이제야말로 최종의 최종 작업만 남았다.

*

지하 1층, 식량 재배실.
층층이 쌓아올려진, 일정한 간격의 배양 구조물이 늘어선 모습. 책장이 가득한 도서관을 연상시킨다.
완전 자동화된 식량 생산시설.
자동 재배일 뿐 아니라, 수확도 자동으로 해낸다.
놀라운 건, 화성의 토양을 이용해 재배한다는 사실이다. 여기서 거주할 첫 10명의 거주민들이 올때까지, 이 시설을 정상적으로 운영 해내는 것이 미션의 성공 여부를 떠나 굉장히 중요한 일이라고 했다. 그렇기에 기철도 튜토리얼 모드로 공부를 좀 했다. 기지를 다 만들 때 쯤 되니 애착도 생기고...

우주에서의 식량 재배 실패 원인의 핵심에는 '산소'가 있다고 한다.
식량이 잘 자라기 위해서는 유기 미생물의 활동이 필요하다. 다시말해 식량이 자랄수록, 세균이 소비하는 산소도 많아지는 것. 밀폐 거주 환경에서의 정해진 산소량이 질식 수준으로 떨어지기 전에 일정수준 이상의 산소가 계속 공급

되야 한다는 말이 된다. 이 문제가 해결된 순간, 화성 프로젝트의 준비가 끝났다.
 이 시설 한쪽 구석에 위치한, 벌통 형태의 산소 발생기를 가동하는 것이 모든 작업의 마지막. 화성 프로젝트를 성사시킨 바로 그 해답이다.
 이 작업을 마치면 곧바로 복귀 준비로 넘어가서 12시간 내로 지구를 향해 출발한다고 했다. 화성과는 안녕이다.
 함께 물이 담긴 컨네이너를 붙들고 한 계단씩 내려서는 일행. 모두의 얼굴이 기대감으로 들떠있는 게 보인다.
 벽면의 소화전 같은 곳에서 관을 연결시켜, 기지의 급수 탱크에 물을 옮겨넣는 작업을 마친다. 이제 설치된 산소 발생기의 전원을 켜기만 하면 된다.

 준비됐다는 신호를 주는 기철.
 모두가 지켜보는 가운데, 산소 발생기의 작동버튼을 누르는 파티마. 벌통 형태의 기기에 초록빛 램프가 켜진다.
 삼시 긴장 속 완전한 침묵.

치이익!~

 수증기와 함께 안개처럼 뿜어져 나오는 첫 산소의 모습.
 이제 재배기에서 싹이 움트는건 시간문제다.
 이로서 마침내 화성에서의 모든 작업이 끝나는 순간.
 환호가 터지는 대신, 일행 사이에 미묘한 정적이 흐른다.
 산 정상에 올랐을때의 기분같은 것. 더이상의 말이 필요하지 않다.

쿵. 쿵쿵. 쿵.

 어?! 이 소리는?? 설마...
 일행의 시선이 기철에게 쏠린다. 이번에는 기지가 물에 잠겼다고 찾아온 것일 수 있다. 물을 빼려면 목숨을 걸, 그때 그 용감한 알바생의 도움이 필요하다고.
 그러면, 마지막 날이니까 더더욱 떠넘길테고.
 '...내가 왜 하필이면 그때 나서가지고...'
 따가운 시선에 통증이 느껴질 지경. 어쩔수 없다. 기철이 출입문 쪽으로 향하는 계단을 올라가기 시작한다.
 결국 일이 이렇게 됐다. 알바생 주제에 온 세상을 이롭게 하고싶어하는, 이놈의 큰 바위 얼굴같은 성격...
 덕분에 다 끝날 때 사건에 휘말려 물귀신이 될 판이다.

 기압 조정실의 벽면에 붙은 개폐 레버를 OPEN쪽으로 꺽는 기철. 머리 위 차폐문이 밖을 향해 열리며, 한차례 공기가 빨려나간다.

 기지 안의 모든 부품은 제 자리에 조립된 상태로, 굴러다니는 먼지 한 톨이 없을 정도다.
 여태 인간의 분비물과, 땅파기 작업하며 발생한 흙까지 남김없이 재활용했다. 숨 한 모금, 땀 한방울까지 측정되고 사원으로 관리되는 환경이다.

그러나 인간에 대한 직접적 위협은 없다고 가정한 듯하다. 이런 종류의 상황이 닥쳤을 때, 의지가 될 만 한 개인용 무기가 없다.

벌거벗은 상태나 다름없는, 무기력한 느낌. 문득 사육되는 가축과 다름없다는 생각에 몸서리가 쳐진다. 우리에 갇힌 채 철저하게 지배자의 의도대로 행동할뿐인, 구속상태. 주위를 경계하며 밖을 향해 계단을 올라가는 기철. 보이기 시작하는건... 정교한 금속제 로봇 다리다.

'어?! 이건...'
"안녕하세요."
마크가 수달같은 머리를 숙여 인사를 건넨다.

*

붉은 황무지를 배경으로 마주 선 로봇 1기와 6명의 인간들.
모르는 사람은 이들이 선장과 승조원의 관계라는 걸 알 턱이 없다. 무리의 명령권자, 대장이 저 로봇이다.

아무리 인공지능과 로봇공학이 발달해도, 인간은 인간을 숭배한다. 지금까지의 모든 인공지능 연예인 만들기 시도가 실패했고, 대부분의 로봇은 수동적으로 명령을 기다리는, 인간의 도우미 수준에 한정됐다.
 하지만 여기 선 이 6명은, 자신의 생사를 저 로봇의 손에 맡겼다. 물론 돈에 정신이 반쯤 나간 상태였기에 가능했던 일. 알바의 끝판왕, 생동성 알바 2회차 수준은 되야 이럴 레벨이 된다.
 이런 걸 '막장 인생'이라고 한다.
 하지만 이들은 결국 살아남았다. 이제 돈을 받고 뜰일만... 아니지, 돈을 받으러 뜰일만 남았다.

 "축하드립니다. 이것으로 여러분은 화성에서의 모든 일정을 성공적으로 완수하셨어요! 이제 여러분과 작별입니다. 저는 앞으로 기지에 상주하게 됩니다. 그동안 제 지시를 잘 따라 주셔서 감사합니다. 이제 여러분은 출발때처럼, 각자의 캡슐로 돌아가셔서 탑승자세로 준비해주시면 되겠습니다. 지금부터는 저 대신 우주선 시스템이 안내 드릴겁니다. 끝으로 저에게 하고싶은 말이라도?"
 언제나처럼 하이톤의 티없이 밝고 균질한 소리로 힘차게 말을 쏟아내는 마크. 마지막이여서인지, 울컥하는 감정에 눈물이 나려고 한다.
 돌고래도 감정을 느끼는데, 저 무생물, 마크에게도 감정이 있고, 감정을 느낄 것이라고 믿고 싶어진다. 지금 이 순간만큼은.
 하지만 결국 아무도 입밖으로 말을 꺼내진 않는다.
 이런식으로라도 기계에게 복수를 먹여주는 게 이들이 할

수 있는 최대한이란 걸 다들 잘 안다.
 그동안 항상 무의식의 안쪽 어딘가를 찌르던 '저게 무슨 오류를 일으켜서 우리의 생존 스위치를 내려버리지는 않을까?'하는 불안감도 이로서 끝이다.
 저마다 이런저런 생각들을 굴리는 일행. 표정에서 밝은 빛이 난다.

*

'#6 참가자, 김기철님. 남은 일정은 없습니다. 식사 후 준비 되시면, 안전벨트를 착용하신 후 메타글래스의 수면모드를 켜 주세요. 발사 시각은 앞으로 7시간 후에 예정되어 있습니다. 편안한 여행 되세요.'

 캡슐에 들어서자, 인공지능이 안내한다.
 돌아갈때는 중간 팀 없이 바로 동면에 들어가는 모양이다. 항상 하던대로 우주복을 벗고 캡슐복으로 갈아입기를 마치는 기철. 식사 버튼을 눌러 식사용기를 꺼내들고, 고정형 좌석을 꺼내 자리에 앉는다.
 똑같이 새콤 고소한 맛에 죽같은 상태로 간간이 씹히는 알갱이의 식감. 20번 씹은 후 삼키는 걸 7번 반복하면, 2분 30초가 걸린다. 맛이 똑같으니 씹는 촉감이라든지 걸린 시간 등, 다른 곳에서 디테일을 찾게된다. 한번은 혀로 죽 안의 알갱이의 숫자를 세보려고 했다가 포기했다. 스스로 느끼기에도 미친 것 같아서...

 마지막 식사를 마친 후, 그 상태 그대로 멍하니 앉아 맞은편 벽을 응시한다. 왠지 지금 이 순간만큼은 이래야 할 것 같아서다. 생전 처음으로 모든게 아무 이유없이 울렁대는 것 같기도 하고... 이런게 혹시 공황 장애라는 걸까?

 아무 것도 연결하지 않은 상태로 그냥 앉아있는 것도 꽤 좋다. 갈때가 되서야 이걸 발견했다는 사실이 억울할 정도다.

 마지막 잠 준비를 하는 기철. 깨어나면 아마 지구에 도착해 있을 것이다.

 올때도 자고 일어나니 화성이었는데, 갈때도 똑같다.

 조명 스위치를 끄듯, 이 모든 상황이 꺼질 참이다. 국제우주개발기구의 누군가가 들어와서 깨우겠지...

 고정대에 몸을 붙인 채, 캡슐복 단자에 하나씩 선들을 연결하고, 어깨 위의 안전벨트를 잡아당겨 X자로 교차 고정시킨다. 다 됐으면 메타글래스를 착용 한다.

 머리 뒤쪽의 전원버튼을 누르는 순간, 로그인.

 눈 앞에 드림하우스가 있다.

 예상했던 대로 한쪽에서 깜빡거리고 있는 〈초대장〉 버튼. 마지막으로 참가자들끼리 뒤풀이를 하자는 것일거다.

 버튼을 누르는 순간, 온통 붉은 빛깔 황무지가 된다.

"마지막 날을 기념하는 의미로 바꿔봤어. 어때?"
로이가 처음이자 마지막으로 일행에게 묻는다. 이제껏 배경에 신경썼던 사람은 로이. 작업 초기 시절, 기철이 궁금해서 물어봤더니, 알아봐줬다고 몹시 고마워했다. 아마 카페를 해도 잘 할 것이다.

맨발, 샌들, 삼선 슬리퍼에 게다까지.
마치 화성 거주민이라도 된 것처럼 한껏 여유를 만끽하는 모습. 이것이 이들의 마지막 화성이다.
다들 말없이 40% 가벼워진 느낌의 팔다리를 움직인다.

작업 첫날, 지구 배경으로 바꾼 이후 메타글래스에서 단 한번도 배경인 적이 없었던 화성.
매일 일하는 곳이 화성이니 그럴만도 하다.
화성 배경의 좋은점은, 우주복을 입은 채로는 절대 못하는 활동을, 티셔츠를 입고 맨살을 드러낸 채 할 수 있다는 거다. 가상현실이지만, 꽤 기분이 좋다.
공기중에 옅게 스며있는 금속성 흙가루 냄새. 지구중력 40%의, 약간 뜨는 듯 가벼운 몸의 느낌...
황무지 한 복판에 선 채 주변을 바라보는 일행. 실제 화성보다 더 사실적인 화성 풍경이다.
이 마지막 순간을 기억에 새기려는 듯, 모두의 시선이 먼 곳을 응시한다.

"각자 가장 남기고 싶은 말 한마디씩 하자. 우리의 마지막을 기념할겸, 어때?"
 로이가 문득 생각난 듯 일행을 둘러보며 말한다.

"여기서 지내다 보니, 신을 믿게된 것 같아."
 뢱이 붉은 황무지를 바라보며 중얼거린다.
 "신이시여. 저희가 무사히 일을 마치게 해주셔서 감사합니다."
 뢱이 어느 순간부터 말이 없어진 데는 이유가 있었다. 순간 확 가라앉는 분위기. 매일의 캡슐생활 덕분에 저마다의 우울을 발견한 터다.
 "특별한 계획 없으면 내 카페에서 일 좀 돕는건 어때? 너한텐 하노이의 뜨거운 태양과 뜨거운 커피가 필요해 보여. 그거면 다 괜찮아 질거야."
 로이가 손을 내밀자, 병자의 웃음을 지어보이는 뢱. 그 손을 잡는다.
 "너희들도 원하는 사람 있으면 언제든 환영이야. 맛있는 커피와 빵을 팔고, 여유있는 장소를 찾을 땐 이 로이를 기억해줘~"
 언제나처럼 긍정적인 기운을 전하는 로이의 말. 일행이 고개를 끄덕인다.

"나이트클럽을 열건데, 괜찮은 이름 좀 줘봐."
 세이코가 툭 던진다.
 "마스. 우리의 화성을 영원히 기억하는 의미에서."
 기철의 대답에 너기지기서 키득대는 소리가 들린다. 정작 만족스러운 듯 고개를 끄덕이는 세이코에 당황하는 기철.
 "마스로 할거야??"
 "응 좋은데? 지구 중력에서 벗어난 느낌도 좋고, 사차원 같기도 하면서. 좋다, 마스. 다들 꼭 놀러와라!"
 "그래 좋았어~ 그럼 너네 전부 일단 한국으로 와. 우리집에서 풀파티 하고, 다같이 도쿄 건너가서 세이코네 클럽에서 노는거야!!"
 돌아가서의 재밌는 꺼리가 생겨 신이 난 기철. 오라는 데가 생긴것도 좋지만, 한번도 가본적 없는 외국이라 더 재밌을 것 같다. 일행 사이를 돌며 한명씩 하이파이브를 한다.

 "난 이제 햄버거를 먹게된다는 게 너무너무 기쁘다!"
 리사가 미친 것처럼 눈을 빛내며 소리친다. 일행 중 가장 드라마틱한 변화를 겪은 리사. 우주선 영양식을 먹으며 매일 규칙적인 생활을 한 결과, 체중이 40kg가 줄며 완전히 나쁜사람처럼 됐다. 뭔가가 잘못돼 보일 정도다.
 하와이에서 패스트푸드 위주로 하루 5끼 이상 먹었다고하니, 그 누구보다 이곳 생활이 힘겨웠을 것이다...
 맘껏 햄버거를 먹을 생각에 들뜬 리사. 제자리를 빙글빙글 맴돌며 햄버거 춤을 춘다.

 마지막, 파티마의 차례.
 한쪽 다리를 꼬나잡는 채 남은 한 다리로 제자리를 쿵쿵 뛰기 시작하는 파티마.
 "닭싸움을 하자고???"

세이코가 목을 움추리며 기겁을 한다. 발목을 접질려 3일 동안 고생했던 그날의 기억이 되살아났나 보다.

벌써 닭다리를 잡은 기철이 무릎 끝으로 툭툭 치기 시작하면, 질세라 곧장 소리지르며 반격을 시작하는 세이코.

이어 다른 일행도 닭다리로 뛰며 서로 쫓고 쫓기를 시작한다.

모든 걸 잊고 신명나게 노는 일행. 마치 닭싸움을 처음 하던, 이들의 첫날로 돌아간 것 같은 풍경이 펼쳐진다.

8장. 지구에서

3년 후.
 굴착기 한대가 땅을 갈아 파내는 모습. 차량이 조금씩 전진하며 뒤쪽으로 쌓이는 모래를, 운반차가 분주히 돌아다니며 쓸어담는다. 10m 쯤 떨어진 옆칸에서는 건축 구조물 설치작업이 한창이다. 그 옆칸에서는 판넬 조립작업을, 그 옆에선 3D 프린팅 머신으로 막 뽑아낸 조각들을 조립하고 있다.
 화성 이주 연구센터의 실무담당 교관이 된 기철.
 육상 경기장 만 한 실습장 전경을 관제실에서 내려다보는 중이다.
 저 아래, 그의 지도에 따라 실습중인 교육생들은 다름아닌 로봇들. 마크와 똑같은, 가사도우미 타입 로봇이다.

 다음 번 화성 대근접 시기에 맞춰 독자적으로 화성 기지 건설을 추진하게 된 한국 정부. 화성에서의 경험이 있는 기철이 또다시 일 할 기회를 잡았다. 어떻게 그럴 수 있었는지는... 극비다.
 기철의 조언을 받아들여서, 한국의 화성 기지 건설은 인간이 아닌 로봇이 100% 하게됐다. 인간은 지금의 기철처럼, 관제실에 앉아 로봇을 감독하기만 하면 된다. 지구에서.

 로봇에게 관리당했던 경험을 교훈삼아, 화성에서 인간의 역할을 180도 뒤집어 놓은 기철.
 이러는 편이 작업 속도도 훨씬 빠르고 안정적일 뿐더러,

폐쇄적 환경에서 받는 스트레스와 고통 대신, 로봇을 도구로 사용하는, 원격 우주 기지 만들기 작업을 총괄하는 재미와 경험을 인간에게 선사한다. 안 할 이유가 없는 방식이다.

 화성에서의 기억을 되살려가며 각 작업별로 로봇의 행동 규칙을 설정하는게 기철이 지금 하고있는 일이다. 이걸 만들어 두면, 기철과 참가자 5명에서 1년 걸려 해냈던 기지 건설을 1달 만에 끝낼 수 있다. 그렇게 한국이 이번에 지을 화성 기지는, 기철이 지었던 국제우주개발기구 기지의 4배. 깊이 10m, 가로세로 100m 규모다.
 이 기지가 지어지면, 100명이 화성으로 건너가 거주하며, 본격적인 대한민국령 화성 이주지 건설을 시작할거라고 한다.
 만약 기철이 화성에 다녀오지 않았다면 일당 10만원짜리 일바일 뿐, 억대 연봉을 받는 이 프로젝트의 책임자는 될 수 없었을 것이다. 이따금 자신의 변화된 삶을 실감할 때마다, 마음속으로 국제우주개발기구가 준 기회에 감사의 인사를 보낸다.

*

서울 도심의 빌딩 숲 사이, 50층 상공.

초록빛 레이저 선 표시가 드문드문 100m간격으로 이어진다. 드론용 비행 가이드 라이트다.
 선 표시 양옆을 교차하며 날아가는 자가용 드론들. 그중 한 대에 기철이 타고있다.
 자율주행 대신 직접 드론의 조종간을 잡은 기철. 속도와 간격 조절을 하며 날아가는 기분을 만끽한다.
 중산층 이상의 소득 수준에서 가능해지는 자가용 드론 라이프. 빠르고 쾌적한 하늘길로 대한민국 어디든지 2시간 내 이동이 가능하다. 셸룸에 살던 때도 머리위에 항상 존재했던 그 삶을 이제 기철이 살고 있다.

 지구로 돌아온 기철이 가장 먼저 한 일은 집짓기.
 메타글래스에서 그렸던 그대로 완성해버렸다... 지금 기철이 향하는 곳에 있는 집. 수영장이 딸린 드림 하우스다!
 서울을 훌쩍 벗어난 교외지만, 하늘길로 날아서 10분이면 도착한다.

 지구에 돌아온 후 참가자들과는 연락이 끊어졌다. 극비리 미션에 관련자 극소수만 안다는 점 때문에 연락하기란 불가능한 상황. 그러나 시간이 흘러 드디어 오늘, 기철네 집에 모두 모이게 됐다. 기철이 또 한번, 그 마법같은 오지랍을 떤 결과다.
 이들을 데려올 픽업용 드론을 미리 보내놓은 기철. 서먹함을 없애기위해 집에 먼저 도착하도록 해 놨으니, 자기들끼리 시간 따라잡기 중일 것이다. 어떤 모습들을 하고있을지 궁금하다.

 가이드 라이트를 벗어나 하강을 시작하는 드론.
 나즈막한 뒷동산을 낀 주택가가 점점 가까워지면, 그 중 야외 수영장이 있는 집이다.
 정원 한켠으로 사뿐히 내려서면, 거실 유리창 너머 보이는 익숙한 실루엣. 화성 멤버들이 다 모였다!

*

 "또 만났네, 운 좋은 놈들아~ 반갑다 살아있어서!"

 각자의 통역기로 들리는 인사말을 신호삼아 손에 들고 있던 음료잔을 맞부딪혀 건배하면, 재회의 만찬이 시작된다!
 일행 앞에 펼쳐진, 상다리 부러지게 차린 한식풍경.
 소고기 무국, 콩나물 불고기, 땅콩과 잣을 갈아넣은 시금치 유부무침, 심지어 고들빼기김치까지.
 누군가 한식 솜씨를 톡톡히 발휘했는데... 레시피를 입력하면 못 해내는 게 없는, 가사도우미 로봇이 차린 상이다.
 손님들의 면면을 둘러보면, 먼저 리사는 처음의 모습으로 돌아왔는데... 뭔가 업그레이드된 듯, 살집에 단단한 근육이 붙었다. 건강해 보인다.

그 옆 파티마는 올 블랙 실크 정장을 갖춰 입어 결혼식에 라도 온 듯한 모습. 일행 중 가장 세련됐다.

뢱과 로이는 함께 운영한다는 카페 로고가 찍힌 티셔츠차림이고... 세이코가 그나마 가장 변하지 않은 듯하다. 맨 처음 본 그때로 되돌아 간듯한, 애니메이션 밖으로 외출한 캐릭터같은 차림. 레이싱 재킷 안쪽, 알바생처럼 둘러맨 현금 보관용 힙색까지... 어찌보면 잠바때기 차림으로 직장생활 중인 자신과 비슷한 분위기다. 그제야 마음이 좀 놓인다.

서로 너무 많은 것들이 변한 듯 해서 서먹한 분위기. 한식이 다정하게 다독이는 듯한 음식이라는 게 그나마 다행이다. 양식이었다면, 그대로 에드워드 호퍼의 그림이 됐을 것이다. 〈이방인들의 식사〉라는 제목의...

*

야외 수영장.
식사 후 풀 파티를 시작하러 나왔다.
우선 다들 선베드에 비스듬히 누워 아이스크림을 먹는다.
호스트인 기철이 서빙한다. 할리우드 스타일로.

먼저 자기 지내온 얘기로 시작하는 기철.
한국의 화성 기지 건설 프로젝트에 참가하게 된 일화를 털어놓는다.

어차피 존재하지 않는 일이라고 했으니, 막을 수 도 없겠지 하는 생각으로 직접 한국의 관계자를 찾아가 제안을 했다고 설명하니, 모두들 경악한다. 이건 오지랖 정도가 아닌 미친짓이라고. 사실 미친짓은 이미 화성에서 한 번 있었다. 그 로봇 사장을 제대로 한 방 맥였던.
 이번 미친짓의 보상은, 글쎄... 한국 사람에게 좋은 일 한 셈이 됐다. 한국이 우주 개척의 역사를 새로 쓰도록 바꿔놨으니까.

"역시, 넌 원하는 걸 쟁취해내는 아이였어. 축하한다."
 이야기를 듣던 파티마가 자리에서 일어나 박수를 쳐 준다. 받은 돈으로 집짓는 사업을 시작해서 큰 돈을 벌었다는 파티마. 앞으로 여러 사람에게 이로움을 주는 일들을 찾아 사업을 키워갈거라고 한다.
 리사는 자신의 동네에 아예 햄버거가게를 차렸다. 인생에서 진정으로 사랑하는 일을 마침내 찾았다고. 이야기를 하는 내내 리사의 얼굴에 웃음이 가득하다.
 뤽과 로이는, 일하고 싶을 때 일하고, 놀고 싶을 땐 가게 문을 맘대로 닫을 수 있는 게 너무 좋다고 한다. 스트레스는 1도 찾아볼 수 없는 편안함이 그들에게서 보인다.

 넘실거리는 수영장의 물결을 바라보며, 열병 들린것처럼 지나온 이야기를 나누는 일행. 그 모든 일들이 한 낮에 벌어진 신기루같은 기분이 든다.

서서히 날이 저물기 시작하는 모습. 뒷동산 능선에 걸린 태양에 주변이 온통 오렌지 빛으로 물든다.
 어느 순간, 갈매기 같은 유선형 비행체가 날아와 사뿐히 정원 한켠에 내려앉는 모습.
 저건... 공항 셔틀 드론인데?

"기철이네서 풀파티 하고, 다같이 도쿄 가기로 했었잖아. 내가 하는 클럽에서 놀기로. 뭐야, 다들 잊었어??"
 표정들을 보니 세이코 본인만 기억하고 있다.
 하긴, 오늘 이 자리에 이들을 모은 기철도 한 달 전에 문득 떠올라서 연락할 방법을 찾기 시작했으니까.
 이메일이 안될때는 인공지능 탐정 봇을 동원해서 해당 지역의 네트워크망을 뒤졌고, 그렇게 해서 세이코와 리사와의 연락이 겨우 된거고... 지금 이들이 한 자리에 있는건, 인공지능의 정보 색출능력이 만들어낸 기적이다.
"이렇게 그냥 간다고? 짐 다 호텔에 버려 놓고?"
 기철이 막 움직이려는 일행에게 묻는다. 내일은 주말이라 어차피 출근을 안해도 되지만, 무작정 걱정부터 앞선다. 어째 이들 중에서 제일 평범해 진 것 같다.
"호텔비야 며칠 더 내면되고, 필요한건 사서 쓰면 되는데, 왜그래 알바생처럼?"
 한심하다는 듯 톡 쏘며 앞장서 셔틀에 올라타는 세이코.
 이중에서 제일 알바생같은 분위기를 해갖고서는... 기가 차서 콧방귀가 나올 지경이다. 여전히 알바생이라... 뭐, 그것도 좋은데?

뭔가가 차오르는듯 느껴지는 행복한 감정. 지금이 좋다.
일행이 전부 올라타면, 스르륵 날아오르는 셔틀. 공항을 향해 노을진 지평선을 날아간다.
지금 이 순간, 모두가 떠올린건 온통 붉은 빛깔의 행성 풍경. 마음 속까지 붉게 물드는 저 화성의 지평선이다.

작가의 말

 2024년.
 인류가 진짜로 화성에 갈 날이 가까워져 오고 있는 요즘입니다. 아쉬운 점은, 실제로 우주선을 탈 수 있는 사람은 1억 명 중에 한 명 수준으로, 로또 1등보다도 힘든, 극소수의 선택받은 슈퍼맨들이라는 겁니다.
 화성 가는 이야기는, 그래서 한 번 써 보고 싶다고 생각하게 되었습니다.

 화성은커녕, 자기 동네를 벗어날 수도 없는 처지의 스무살들이, 인류를 대표하여 화성에 간다는 스토리가 떠올랐습니다. 벌써 너무 좋네요~
 로봇 발바닥의 먼지나 닦으며 사는 인생들이 화성 가면 뭘 하지?... 화성에서 해야할 일은 하나였습니다. 거주지 건설. 그래. 처음 갔으니 일단 기지를 짓는 거야. 진짜 스무살 알바생 시점으로, 화성에서 실감나게 기지 한번 지어 보자!

 현재 과학기술 수준을 기반으로 상상을 시작하며 이 이야기를 써내려갔습니다. 우주 탐험, 최첨단 과학기술, 최신 IT 기기 관련 뉴스의 헤비 유저인 저의 깜냥을 맘껏 동원하여 하루하루 재밌게 갉았습니다.

어쩌면 이 이야기는, 제가 좋아하는 것들의 콜라주 같다는 생각도 듭니다. 미래의 SF 세상에서, 상상 속 모든 것들이 마음껏 펼쳐지는, 판타스틱한 총천연색 사이버펑크 SF 어드벤쳐의 세계.
 !!와우!!

2024년 4월
메르시

스위밍풀 SF 장편소설
화성 1년
© 메르시 2024

1판 1쇄   2024년 5월 5일

지은이   메르시
펴낸이   금세혁
디자인   사우르스
제작처   태산 인디고
펴낸곳   스위밍풀

출판등록   제2023-000036호
이메일   amag100@naver.com

ISBN 979-11-986666-1-1 (03810)

* 이 책의 판권은 지은이와 스위밍풀에 있습니다. 이 책 내용의 전부 또는
  일부를 재사용하려면 반드시 양측의 서면 동의를 받아야 합니다.